버리지 못하는 사람들

옮긴이 이수은

한국외국어 대학교를 졸업했다. 대학 시절부터 다양한 통번역을 경험하며 번역가의 꿈을 키웠다. 현재 번역 에이전시 엔터스코리아에서 출판기획 및 일본어 전문 번역가로 활동하고 있다.

옮긴 책으로는《흔적을 지워드립니다》,《수상한 목욕탕》,《서점을 살려라》외 다수가 있다.

Original Japanese title : SUTETAIHITO SUTETAKUNAIHITO

© Yoko Mure 2024

Original Japanese edition published by Gentosha Inc.

Korean translation rights arranged with Gentosha Inc.

through The English Agency(Japan) Ltd. and Danny Hong Agency.

버리지 못하는 사람들

무레 요코 지음 · 이수은 옮김

라곰

차례

못 버리는 언니, 버리려는 동생

토모코는 한창 이사 준비로 분주히 짐을 정리하는 중이
었다.

　열네 살 터울인 여동생 마이가 손 하나 까딱하지 않고
상자 위에 걸터앉아 이런저런 말을 건넨다. 그것도 토모코
가 잘 모르는 한국 드라마, 명품 브랜드의 신상품 옷과 가
방, 화장품, 음식 배달 기사들의 이야기를.

　그러다 자신이 원하는 것이 나오면 잽싸게 약삭빠른 손
길을 뻗어온다.

"나 그거 주라."

"이거? 꽤 오래전에 산 목도린데."

"캐시미어잖아. 리리의 침대에 깔아줄 만한 게 필요했거든."

언니가 목에 두르던 것을 치와와의 엉덩이 밑에 깔아준다니. 토모코는 어이가 없었지만 따지기는 귀찮아서 말없이 동생에게 목도리를 던져주었다.

"잘됐다. 리리도 좋아할 거야. 고마워."

동생은 두 손으로 목도리를 받고 고개를 살짝 기울여 방긋 웃었다.

'이런 데 남자들이 깜빡 죽는 거겠지.'

토모코는 이렇게 생각하면서 드라마 대사를 읊듯 어색하게 대답했다.

"별말씀을."

토모코는 중학생 때 부모님에게 "이제 동생이 생길 거야"라는 말을 들었다. 토모코는 "어?" 하고 비명을 지르고는 아무 말도 할 수 없었다. 14년간을 외동딸로 자라왔는데 앞으로 이 집에 갓난아이가 생긴다니 그저 놀랄 수밖에.

지금 생각해보면 당시 부모님은 서른아홉 살이었고 아이가 생겨도 전혀 문제될 것이 없었다. 하지만 사춘기 시절 토모코는 동생이 생긴다는 사실보다는 부모님 행동의 결과물이 현실에 나타난다는 사실이 마냥 창피하기만 했다.

동생이 태어나도 친구들에게는 말하지 않고 조용히 지내려고 했다. 하지만 어머니의 임신 소식은 동네 아줌마들에게 알려졌고, 당연히 그들의 아들, 딸인 친구들에게도 알려졌다.

"아기 귀엽잖아. 좋겠다"라고 말하는 아이가 있는가 하면 자신과 마찬가지로 "어?" 하며 놀라는 아이도 있었다. 그 아이들은 토모코가 "그렇지, 나도 놀랐어"라고 맞장구치면 "아……"라고 말하고는 입을 다물어버렸다. 마치 토모코의 심정을 대변하듯이.

남학생들은 아이보다는 다른 것에 관심을 보였다. 그 애들은 실실 웃으며 "언제 태어나?"라고 물었다. 토모코가 모른다고 둘러대면 옆에 있던 남자애가 "엄마가 11월이라고 하던데"라며 괜한 소리를 덧붙였다. 그러고는 숫자를 세면서 손가락을 하나둘 접다가 "아, 이때쯤 했구나"라며 웃었다.

토모코는 다른 사람과의 갈등을 반기지 않는 성격이었지만 그때만큼은 진심으로 저주를 퍼부었다. 급식 시간에 애들이 먹을 국에만 압정이 들어가라고.

그 아이의 어머니가 말했던 대로 토모코의 동생은 11월에 태어났다.

동생이 태어나기 전까지 토모코는 마냥 창피해서 엄마를 제대로 쳐다보지도 못했는데 막상 동생이 태어나고 보니 무척 귀여워서 그 창피함은 어디론가 사라져버렸다.

오랜만에 집 안에 갓난아이가 생기자 부모님은 엄청난 애정 표현을 했다. 아버지는 연신 사진을 찍어대고 어머니는 예쁜 옷을 골라 입히기 바빴다.

어머니는 토모코가 어렸을 때 남자아이로 오해를 받았다는 이야기를 자주 했다. 실제로 앨범을 보면 귀여운 표정의 사진은 별로 없었다. 특히 갓난아기 때는 심각한 얼굴로 항상 미간에 주름을 잡고 있어서 왜 이런 표정일까 하고 스스로도 의아했을 정도다.

그런 자신의 표정보다 더 심각했던 것은 사진 옆의 병아리 그림 말풍선에 적힌 부모님의 한마디였다.

'패배에 심기가 불편한 스모 선수'
'뇌물 혐의로 붙잡힌 비리 정치인'
'누굴 한 대 때려주려고 주먹을 쥔 토모코'

토모코는 아기 얼굴을 이런 식으로 표현하다니 어쩔 셈이냐며 발끈했지만 부모님은 해맑게 앨범을 들여다보며 웃기만 했다.

"밖에 나가면 다들 널 남자아이인 줄 알았어. 표정이 어찌나 심각했던지. 동네 사람이 말을 걸어도 '너 누구야?' 하는 얼굴로 째려보고 말이야. 가끔 푸우 하고 입술을 쭉 내밀어서 대답했지만."

말은 그렇게 해도 부모님이 무척 사랑해주었다는 것은 토모코도 잘 알고 있었다.

토모코가 말을 배우기 시작하면서 동네 사람에게 서툴지만 인사를 하게 되었을 때는 '인사를 할 줄 알게 되었어요'라는 글과 함께 꾸벅 인사하는 모습을 사진으로 남겨두었다. 이후에는 부모다운 애정 넘치는 문구가 이어진다.

토모코 인생의 오점은 바로 갓난아기 시절뿐이었던 것이다.

토모코와는 반대로 마이는 아기 때부터 천사같이 사랑스러웠다. 부모님도 당연히 천사가 더 귀여웠을 것이다.

마이는 프릴이 달린 옷을 입어도, 분홍색이나 빨간색 옷을 입어도 다 잘 어울렸다. 토모코는 주로 차가운 색 계열의 단순한 옷이 많았지만 마이는 화려한 디자인의 옷이 많았다.

자매인데도 어쩜 이리 다를까 하고 고개를 갸웃거리면서도 인형 같은 마이에게 예쁜 옷을 입히는 것은 부모님에게 가장 큰 즐거움이 되었다.

심지어 마이는 머리카락도 예뻤다. 토모코는 까만색 머리카락인 반면 마이는 살짝 구불거리는 갈색 머리카락이었다.

그럼에도 토모코는 부모님이 동생을 더 챙긴다고 속상해하거나 질투하지 않았다. 오히려 부모님이 자신에게 그런 하늘하늘한 옷을 입으라고 강요하는 게 더 싫었다.

토모코는 대학생 때 유치원생인 마이에게 잘 어울릴 듯한 옷을 직접 골라준 적도 있었다. 그럴 때마다 마이는 "언니가 골라준 거야"라며 신나게 동네 아줌마들에게 자랑했다. 토모코는 그런 마이의 모습에 뿌듯해했다.

토모코는 초등학교, 중학교, 고등학교, 대학교 모두 공립학교를 나와 전국 규모의 슈퍼마켓 체인에 취직했다. 별문제가 생기지 않는 한 계속 다닐 생각이다.

한편 마이는 사립대학 부속 유치원을 시작으로 대학까지 치열한 입시를 경험하지 못했다. 학창 시절을 치열한 경쟁 속에서 보낸 토모코는 마이의 학창 시절을 보며 의아해했다. 화장한 얼굴로 학교에 가고 시끌벅적한 학창 시절을 보내는 동생의 이야기를 들을 때마다 '그래도 괜찮나?'라고 걱정했다.

마이는 유치원부터 대학까지 좌절을 맛보지 않고 학창 시절을 보냈다. 토모코와는 달리 최선을 다해 공부하고도 원하는 학교에 불합격하는 실망감도, 결국 합격해내는 뿌듯함도 몰랐다.

하지만 부모님도 마이의 즐거운 학교생활에 만족스러워했다. 그저 토모코만이 동생에게 불안감을 느꼈다.

당연하게도 당사자인 마이는 조금의 불안감도 없이 마냥 즐거운 나날을 보냈다. 게다가 대학생 때는 학교 미인대회에서 그랑프리 다음가는 미스 어쩌고 하는 것에 뽑히는 바람에 쏟아지는 관심을 누리기도 했다.

언니로서 기쁘지 않았던 것은 아니지만 부모님이 동생을 무작정 예뻐하기만 하니 자신이 중간에서 세상의 냉정함을 동생에게 알려줘야겠다고 생각하는 일도 잦았다.

입사 후에 지방 점포로 발령받은 토모코는 커다란 트렁크 하나만 들고 본가를 나와 자취를 시작했다. 회사에서 마련해준 세 평 남짓한 방에 작은 주방이 딸린 원룸이 거처가 되었다. 집을 떠날 때 초등학생이던 마이가 어머니 옆에 딱 붙어서 울상을 짓던 기억이 난다.

그렇게 3년이 흐른 뒤에 토모코는 본사에 발령받게 되었지만 본가에 되돌아가지 않고 지금 집에서 지내기 시작했다.

자취의 편안함을 알게 된 것이 한몫했다. 하지만 더욱 중요한 것은 중학교에 올라가는 예쁜 여동생과 그 여동생을 애지중지하는 부모님이 새로 만든 세계에 이제 와서 다시 들어가기는 번거로운 데다 원만하게 지내기도 쉽지 않을 거라 판단했기 때문이었다.

매년 설 연휴를 본가에서 보내긴 했지만 토모코는 본가를 자주 찾지 않고 가족과 거리를 두었다.

서른다섯이 됐을 때 토모코는 승진하여 팀장이 되었다. 그때 마이는 대학 졸업을 앞두고 있었지만 취업 준비는 뒷전이고 여전히 친구들과 놀러만 다녔다.

설 연휴에 본가에 갔을 때 부모님이 자리를 비운 사이에 토모코가 물었다.

"취업은 어쩔 거야?"

그러자 마이가 "아직 아빠 엄마한테는 말 안 했는데"라며 말을 꺼냈다.

"결혼할 거야."

그 대답에 토모코는 화들짝 놀라면서 요즘 시대에 학교를 졸업하자마자 결혼하는 사람이 어디 있느냐고 했다. 그러자 마이는 "인생, 편하면 됐지"라며 웃었다. 그리고 마이는 자신의 말대로 졸업과 동시에 결혼을 했다.

결혼 상대는 서른 살의 사업가로서 자산가로 유명했다. 토모코도 인터넷에서 '젊은 사업가에게 묻다' 특집 기사에 그가 소개된 것을 본 적이 있었다. 동생 말에 따르면 그는 결혼하고 싶다는 마음에 대학가의 미인대회를 찾아다니며 이상형을 찾다가 자신에게 반했다고 한다. 마이는 그 말을 하면서 뿌듯해하는 눈치였다.

남녀의 만남에는 여러 인연이 있다지만 토모코는 "정말 괜찮겠어?"라고 물을 수밖에 없었다.

"그 많은 사람 중에 내가 선택된 거잖아."

마이는 순수하게 기뻐하고 있었다. 부모님에게는 자세한 얘기를 하지 않고 지인 소개로 만났다고 했는데, 성격도 좋아 보이고 동생이 부족함 없이 살게 된다는 점에서 부모님은 그 남자를 높게 평가했다.

토모코는 경계심을 품고 그를 만났다. 토모코의 상상과는 달리 그는 착실한 청년이었다. 토모코는 다소 마음이 놓였지만 그의 몇 가지 행동에 위화감을 느꼈다. 많은 자산을 소유한 젊은 사업가는 이렇게 행동해야 한다는 식의 부자연스러운 편견이 엿보였기 때문이다.

그래도 동생과 부모님이 좋다면 어쩔 수 없었다. 인생은 정직함이 제일이라 여기는 토모코의 가치관과는 정반대로 결혼은 별문제 없이 진행되었다.

그러나 3년 후 두 사람은 이혼했다. 이유는 외도였다. 남자 쪽에서 일방적으로 "좋아하는 사람이 생겼으니 끝내자. 생활비는 끝까지 줄게"라고 애원했다고 한다. 돈을 주겠다며 봐달라고 한 모양이었다.

바람을 피운 상대는 동생보다 어린 모델이었다. 상황이 상황이니만큼 토모코는 아무리 마이라도 힘들어하지 않을까 걱정했다. 하지만 괜한 걱정이었다.

"고층 아파트를 받았어. 돈도 매달 들어오고."

토모코는 해맑은 것이 동생의 장점인가라는 생각을 하다가 사람으로서 아예 고민이 없는 것은 아닌지 기가 찼다.

"싸움이라도 하지, 따지기라도 하지?"

"그게 뭐냐고 한마디 하긴 했어. 하지만 뭐, 어쩌겠어."

동생은 이상하리만치 담담했다.

부모님은 부모님대로 걱정은 하면서도 돈 때문에 고생할 일만 없으면 상관없다는 태도였다. 토모코는 마치 자신만 지나치게 걱정하는 것처럼 느껴졌다.

평생 일하지 않아도 되는 동생이 도심의 좁은 집으로 이사 가느라 짐을 싸는 언니의 등 뒤에서 시간을 때우고 있다.

"여기 몇 평쯤 되지?"

마이가 여기저기 둘러보다가 물었다.

"열여덟 평인가."

"그럼 이사 가는 집은?"

"열두 평쯤."

"더 좁아지는구나."

"너희 집이 넓은 편이지."

"응, 서른여섯 평인가."

토모코는 동생이 이혼한 직후 동생의 고층 아파트에 딱 한 번 가본 적이 있다. 전남편이 사업을 구상하기 위해 소유하던 곳이었는데 이혼 이후 동생 취향에 맞게 새로 인테리어를 하고 명의를 변경해줬다고 한다.

출입구부터 화려한 건물의 21층이었다. 처음 눈에 들어온 것은 화이트와 골드 톤의 인테리어였다. 분홍색 스웨터에 하얀 플리츠스커트 차림인 동생은 넓은 거실에 놓인 큰 소파에 몸을 기댔다. 어딘가 당당한 모습이었다. 반면 남색 스웨터에 회색 바지 차림으로 불편하게 무릎을 모으고 앉은 토모코의 모습은 누가 봐도 어색했다.

동생이 키우는 리리가 방 안을 신나게 뛰어다니고 있었

다. 캐노피가 달린 리리의 침대가 토모코의 가장 비싼 숄더백의 세 배나 되는 가격임을 알고는 깜짝 놀랐던 기억이 떠올랐다. 그리고 동생이 내주던 차가 모두 값비싼 브랜드였다는 것도 마음을 심란하게 했다.

"집이 넓어서 청소하기 힘들겠다."

"집 청소랑 요리는 쓰무라 씨가 해줘."

"쓰무라 씨?"

쓰무라 씨는 토모코보다 나이가 약간 더 많은 가사 도우미였다.

"그런 것까지 사람을 쓰는 거야?"

"지금까지 한 번도 해본 적이 없거든."

"별로 하는 일도 없으면서 그 정도는 직접 해야지."

"하고 싶은 일이 있고 하기 싫은 일이 있잖아. 집안일은 싫어. 결혼했을 때도 가정부가 있어서 내가 할 필요가 없었어. 그래도 결혼하자마자 새 차를 뽑아줬을 때는 운전면허 따느라 얼마나 노력했다고."

마이는 가슴을 약간 내밀며 말했다. 느긋하게만 살아온

그녀가 유일하게 자랑할 만한 일인지도 모른다.

"그렇지. 면허 따기도 쉽진 않으니까."

마이는 토모코의 칭찬에 뿌듯한 미소를 짓고는 다시 방을 둘러보았다.

"언니, 근데 꼭 이사해야 하는 거야? 방이 더 좁아지니까 굳이 안 해도 될 것 같은데."

"출퇴근 시간을 조금이라도 줄이고 싶어서. 처음 여기로 이사했을 때는 평수만 보느라 역에서 도보 15분 거리라도 괜찮을 줄 알았거든. 그런데 나이 마흔이 넘어가니까 영 힘들더라고. 특히 한겨울 밤에 15분을 걷기는 힘들거든."

"아, 그런가? 고속도로 타니까 금방 오던데."

"근처 고속도로는 출구 위치가 좀 애매하잖아."

"그렇긴 하지. 다음 집은 출퇴근이 편한 거지?"

"역까지 5분, 회사는 15분 정도 걸릴걸."

"다행이다."

"그런데 도심으로 갈수록 같은 월세라도 집이 좁아지거든. 그래서 짐도 이렇게 매일 조금씩 정리하는 거야."

"하긴 우리 집의 3분의 1 정도인 거네."

빈정거림 없이 마이는 솔직히 의견을 말했다.

"이젠 방도 하나니까. 거의 너희 집 옷장만 한 방이야. 그러니 최소한 방 하나 분량의 짐은 처분해야지."

토모코는 벽장 서랍에 되는 대로 넣어두었던 잡동사니를 겨우 정리한 참이었다. 물건을 잘 버리지 못하는 성격인 탓에 입사 초기에 샀던 스카프, 목도리, 숄을 모조리 보관해두고 있었다.

군데군데 해진 스타킹과 양말도 산더미처럼 발견되었다. 지금은 아니라도 몇 년 뒤에 필요할지 모르니 버리기는 아깝다면서 쌓아둔 것이었다. 결국 다시 꺼내는 일은 없었지만. 지금 마음먹지 않으면 평생 낡은 목도리 더미와 보풀투성이인 스타킹과 함께 살아가게 될 것이다.

버리지 못하고 보관해둔 것은 주로 찬색 계열의 체크, 줄무늬, 민무늬라서 화려하고 사랑스러운 마이에게는 어울리지 않았다.

"이 목도리도 리리 엉덩이 밑에 깔아볼래?"

토모코는 리리에게 주면 어떨까 하는 생각에 남색과 회색 줄이 들어간 목도리를 보여주었다. 마이는 힘껏 고개를 저으며 평소답지 않게 잘라 말했다.

"리리한테 안 어울려. 아까 그 연회색 숄이 괜찮긴 한데."

'괜찮긴 한데는 뭐야. 내가 열심히 일해서 장만한 꽤 비싼 목도리란 말이야.'

토모코는 속으로 발끈했지만 참기로 했다.

토모코는 싱크대 아래쪽 선반에서 쓰레기봉투를 꺼낸 다음 산더미처럼 쌓인 잡동사니를 집어넣기 시작했다. 마이는 토모코를 도우려는 기색조차 없이 가만히 지켜보기만 했다. 애초에 도움받을 생각이 없었기에 일손을 거들지 않는다고 해도 불만은 없었다.

필요 없어진 물건을 가득 집어 들고는 봉투에 집어넣고 매듭을 단단히 묶었다. '아깝다'는 말과 감정까지 함께 버릴 생각이었다.

"아, 하나 끝났다."

마이는 앉은 자리에서 짝짝짝 하고 손뼉을 쳤다.

"격려, 고마워."

토모코는 덤덤하게 대답하고 옷장을 열었다.

여기에는 출근용 옷이 주르륵 걸려 있었다. 온통 남색, 회색, 갈색인 옷장을 보고 마이가 입을 열었다.

"무슨 남자들 옷장 같아. 전남편 옷장도 이것보다는 컬러풀했는데."

"아, 그렇겠지."

그렇게 말하며 토모코는 행거에 걸린 옷들을 옷걸이째 하나둘 바닥에 꺼내놓기 시작했다. 불필요한 물건을 정리할 때는 수납된 물건을 전부 꺼내놓는 것이 요령이라는 기사를 보고 따라 해본 것이다.

그러자 지금까지 느긋이 앉아만 있던 마이가 꺼내놓은 옷들을 코트, 재킷, 바지, 스커트로 분류하기 시작했다. 느긋하고 수동적인 인생을 살아온, 언니 집보다 몇 배나 넓은 고층 아파트에 사는 동생도 조금은 도우려는 마음이 들었던 것이다.

동생은 옷에 달린 상표를 살펴보기 시작했다. 브랜드를 확인하려는 모양이었다.

"뭐 있어?"

방바닥에 펼쳐놓은 옷들을 보며 후우 하고 길게 숨을 내쉰 토모코가 물었다.

"음, 대부분 별로 가치는 없어."

그녀가 말하는 가치란 명품이라는 의미인 모양이었다.

"원래 나는 그런 옷이 없으니까. 너랑 다르겠지. 바지랑 스커트는 인터넷으로 시험 삼아 한 세트 사서 괜찮으면 색상별로 샀거든. 잘 꾸미는 것도 중요하지만 나한테는 출퇴근용으로 편한 옷이 최고야."

자신을 비난한다고 오해했는지 마이가 작은 목소리로 말했다.

"그런 뜻이 아니었어. 물론 내가 일은 안 하지만…… 언니는 정말 멋지다고 생각하고 존경해."

"졸업하고 20년간 열심히 일했지. 시간 참 빠르다니까."

토모코는 모자가 달린 남색 코트에 손을 뻗었다. 힐끗 마이를 쳐다보니 알 수 없는 표정으로 방바닥에 있는 옷들을 정리하고 있었다. 문득 이 코트를 즐겨 입던 시절이 떠올랐다.

지방 근무 후에 본사에 복귀해 영업기획부에 발령받았을 때였다. 토모코는 브랜드 로고와 새 캐릭터를 개발하는 팀에 들어가게 됐다.

일러스트레이터 선정부터 단가 협상까지 자잘한 업무가 밀려들어 보통 바쁜 게 아니었다. 섭외가 순조롭게 진행되던 중에 사장의 변덕으로 일러스트레이터가 변경되기도 해서 업무뿐만 아니라 정신적인 피로도 극심했다.

그러던 어느 날, 토모코는 순간 몸이 휘청하더니 발을 헛디디고 역사 계단에서 대여섯 칸 굴러떨어졌다. 다행히 머리를 다치지 않고 무릎만 찍히는 정도로 끝났지만 산 지 얼마 안 된 이 코트 앞쪽 밑단이 찢어지고 말았다.

나름 비싼 코트라서 무슨 방도가 없을까 고민하던 토모

코는 코트를 샀을 때 딸려 온 천 조각을 챙겨 동네 수선집을 찾아갔다.

"이 천을 버리는 분들이 있는데 이럴 때 유용하게 쓰네요."

토모코는 오히려 수선집에서 고맙다는 말을 들었다. 그 천 조각을 덧대어 전문가의 솜씨로 찢어진 곳을 감쪽같이 수선했다. 그 코트를 입고 상사가 내준 임무를 해결하기 위해 발품을 들여 몇 번이고 고개를 숙여가며 겨우 프로젝트를 성공시켰고 지금은 그 캐릭터가 매장의 마스코트가 되었다.

날이 추워지면 항상 그 코트를 걸치다 보니 점차 옷에서 세월이 느껴지기 시작했다. 업무상 사람을 만날 일이 많아 낡은 옷을 입기가 망설여졌기에 새로 코트를 장만했지만 헌 코트를 버리기는 아까워서 그냥 계속 옷장에 걸어두었던 것이다.

이것도 처분할 것인지 아무리 고민해도 아쉬움이 남았

다. 이 코트의 온기에 위로를 받은 적도 많았다. 토모코가 끄응 하고 신음 소리를 내며 코트를 응시했다. 그러자 마이가 확 고개를 들었다.

"언니, 그 옷."

"어? 이 코트?"

"응. 기억나."

"그래?"

"설 연휴에 그 옷 입고 집에 왔잖아. 내가 중학생 때였나? 언니가 계단에서 굴러서 다쳤다고 했어. 그때 찢어졌는데 수선했다면서."

"맞아. 이 코트 입고 굴렀었지."

"그때 언니가 계단에서 굴러 다치고 코트가 찢어질 정도로 일하는구나, 불쌍하다고 생각했어."

"그게 직장인의 현실이니까. 아, 그래서 일하기 싫어졌구나."

토모코가 농담조로 말하자 마이는 헤헤 웃었다.

"뭐, 인생은 사람마다 다르니까. 좋다 나쁘다 할 게 없지."

토모코가 이렇게 중얼거리며 앞에 있는 옷을 다시 확인했다.

편한 재킷과 블라우스, 조합하기 편한 정장, 두툼한 바지. 하나같이 언젠가 필요할 것만 같아 무엇을 처분해야 할지 고를 수 없었다. 색상도 디자인도 별다른 구석 없이 비슷비슷한 옷 천지임을 알면서도 왠지 버릴 수가 없었다. 그래서 그저 눈앞에서 옷을 이리저리 옮길 뿐이었다.

토모코가 "어쩌지" 하고 한숨을 내쉬고 있자 마이가 그 마음을 눈치챘는지 제안을 하나 했다.

"이사할 집 근처에 짐을 보관할 창고를 하나 얻으면 어때?"

"힘들어. 비슷한 월세에 더 작은 집으로 가는 거니까 그럴 여유가 없어."

"그래도 월급이 좀 오르면……."

"요즘은 말이야, 월급 인상은 꿈도 못 꾸는 시대야. 일본의 임금 상승률은 다른 나라에 비해 계속 하락세니까. 인터넷에 보면 그런 얘기 많을 거야."

"으음, 그렇구나."

"너도 생각 잘해. 살 집은 있겠지만, 계속 이런 식으로 아무것도 안 하고 집에만 있으면 좀 그렇지 않겠어? 생활비를 전부 헤어진 남자한테만 의존하는 건 위험하지 않아?"

토모코는 자신의 말이 점점 잔소리가 되어가는 것을 느꼈지만 서른이 다 되어가도록 여전히 느긋한 동생에게 한마디 하지 않으면 직성이 풀리지 않을 듯했다.

"걱정 마. 전남편의 친구가 나중에 아파트에서 나갈 때 매입해준다고 했어."

"그 집에서 나오면 어쩔 건데?"

"본가에 돌아가서 어린이 영어 교실이라도 하려고."

동생은 영어를 잘하긴 하지만 어린이 영어 교실이 말처럼 쉬울 것 같지는 않았다.

"그럼 네가 부모님도 돌보고?"

"그건 좀 어렵지. 아무튼 괜찮아. 아파트 판 돈으로 요양 시설에 들어가기로 했으니까."

그 말에 토모코가 놀랐다. 하지만 자세히 들어보니 시설에 들어가는 건 부모님과 이미 얘기가 된 모양이었다.

"아빠 엄마도 자식들한테 폐 끼치고 싶지 않다고 했거든."

"그렇구나."

토모코는 한참을 조용히 생각한 뒤에 그렇게 대답하고는 다시 눈앞의 옷들을 분류하기 시작했다.

보자마자 필요 없다는 판단이 서는 옷이 있는가 하면 고민스러운 옷도 있었다. 필요 없는 옷은 당장 급해서 샀거나 인터넷으로 주문했던 착용감이 별로인 옷들이었다.

고민스러운 경우는 옷에 살짝 문제가 있지만 가격은 비싼 것들이었다. 이제는 어울리지 않음에도 가격이 비싼 옷은 좀처럼 버리기가 힘들었다.

"보통 필요 없어진 옷들은 어떻게 해?"

토모코가 물었다. 동생은 바닥에 늘어놓은 옷들을 멍하니 쳐다보고 있었다.

"그런 옷이 없어. 다 예뻐서 좋아하거든. 학생 때 옷은 본가에 있지만 전남편이 사준 옷들은 아직 전부 그대로 있어."

"한 벌에 이삼십만 엔 하는 옷들이지?"

"응. 신상품이 나오면 매장에서 연락이 오니까, 사버리게 되거든."

"그럼 계속 늘기만 하겠네."

"그래도 수납공간이 많아서 괜찮아."

"하긴 그렇지."

동생 집에는 침실 옷장 외에도 네 평짜리 드레스룸까지 있었다. 그 덕분에 옷이나 가방을 마음껏 사도 괜찮을 듯했다.

세상에는 물건을 처분하느라 고민한 적이 없는 사람도 분명 있을 것이다. 하지만 토모코는 짐이 새 집에 전부 들어가지 않으니, 어쩔 수 없이 처분해야 한다. 이런 고민과는 평생 무관하게 짐이 늘면 그에 맞춰 넓은 곳으로 이사하거나 새로 보관처를 구해 짐을 계속 늘릴 수 있는 사람도 존재하는 것이다.

토모코는 보관 상태나 디자인에 따라 반드시 처분해야 할 옷들을 방 한구석에 모아두었다. 그러고는 고민스러운 옷들을 한 번씩 걸친 뒤 마이에게 어떤지 의견을 물었다.

마이는 토모코가 뭘 입어도 흠 하고 얼굴을 찌푸렸다. 이렇게 계속 마이에게 판단을 맡겼다가는 옷은 확 줄겠지만 출근할 때 입을 옷마저 없어질 듯했다.

"왜 전부 탈락인 거지? 출퇴근 때나 평소에 입던 옷인데."

토모코는 한숨을 내쉬었다. 그러자 마이가 웬일로 단호하게 말했다.

"칙칙해 보여서 그래. 좀 더 밝은 색을 입는 게 낫지 않을까? 기왕 여자애로 태어났는데."

'마흔셋이 여자애는 아니지.'

토모코는 속으로 그렇게 툴툴대며 큰 소리로 말했다.

"큰일이네. 진도가 안 나가서."

토모코는 자신이 가진 옷들이 너무 평범하다는 동생 마이에게 물었다.

"나는 화려한 디자인이나 색이 안 어울리는 타입이야. 그리고 스타일리시한 옷도. 그래서 직장 생활에 어울리는 복장 위주로 입는 거야. 내가 하늘하늘한 분홍색 원피스 차림으로 출근하면 되겠어?"

"그건 좀 아니겠다. 언니가 여장한 것 같을 거야."

마이가 웃었다. 토모코는 어이가 없었지만 정곡을 찔린 듯해서 수긍할 수밖에 없었다.

그때 마이가 대뜸 손짓했다.

"거기 있는 옷 한번 입어봐."

"뭐? 이걸 다?"

"응. 한번 입고 보여줘."

토모코는 귀찮다고 생각하면서 마이의 얼굴을 봤다. 웬일로 진지한 표정이었다.

"왜?"

"어떤 느낌일지 궁금해서."

토모코는 하는 수 없이 처분 대상이 아닌 옷들을 차례로 입어보았다.

마이가 괜찮다고 판단한 옷만 남긴 뒤에는 일 년 내내 입을 옷이 코트, 재킷, 바지, 스커트, 셔츠, 블라우스, 스웨터 모두 두 벌씩이었다. 앞에 이상한 주름이 있어, 소매가 너무 넓어, 품이 많이 커, 옷이랑 몸이 맞지 않아 등등 혹독한 지적이 이어진 결과였다.

"옷이 이것밖에 없으면 출퇴근을 어떻게 해."

토모코가 불만을 토로하자 마이가 단호하게 말했다.

"다른 옷은 있어봤자 별 소용없어. 몸에 딱 맞지도 않고. 옷은 몸이 들어간다고 다가 아냐. 그리고 언니 직위에 어울리지 않는다고 할까. 남겨둔 것들은 마감이 괜찮잖아."

확실히 마이의 눈에 찼던 것들은 보너스를 받고 다소 무리해서 샀던 옷들뿐이었다. 하지만 평소 입는 옷보다 가격이 비싼 탓에 아까워서 거의 입지 않았다.

"그래도 여벌은 있어야지. 세탁소에 맡기려고 해도 이러면 입을 옷이 없잖아."

"회사 사람들은 언니가 무슨 옷을 입었는지 일일이 기억 못 할걸? 남은 옷들도 디자인이 비슷하고."

자신만만한 대답이었다. 수선한 코트는 보류 상태로 두었다.

"잠깐 있어봐. 언니한테 줄 만한 게 있으려나……."

언니의 심각한 얼굴에 마음이 쓰였는지 마이가 고개를 갸웃거리며 다리를 쭉 뻗고 앉더니 자신의 명품 가방을 뒤졌다. 그러고는 반짝이는 분홍색 키링이 달린 최신 스마트폰을 꺼내 화면을 스크롤하기 시작했다.

"그 가방 하나가 내 연봉은 그냥 넘겠다."

"잘은 모르겠는데 요즘은 살 때보다 비싸게 팔 수 있다나 봐. 신기하다니까."

마이는 화면에서 눈을 떼지 않고 말했다.

'네가 번 돈으로 산 게 아니니까 별 감흥이 없겠지.'

토모코는 속으로 중얼거렸다.

마이는 한참을 그러고 있었다. 궁금해진 토모코가 동생 옆으로 자리를 옮겨서 동생의 스마트폰을 들여다보았다. 스마트폰 화면 위로 빠르게 알록달록한 사진들이 흘러가고 있었다.

"아직 더 있어?"

도무지 끝날 기미가 안 보였다.

"응. 친구들한테 두세 벌 정도 줬고 나머지는 전부 남아 있거든."

토모코는 자신은 입을 일이 없는 프린트, 프릴, 시스루, 셔링이 가득한 옷들을 보는 것만으로도 눈이 피로해지기 시작했다. '내가 입을 만한 옷이 여기 있겠냐'고 생각하며 토모코가 자리에서 일어나려는 순간 마이가 스마트폰을 내밀며 물었다.

"이거 어때? 한 번 입었다가 아줌마 같아서 그냥 넣어뒀거든. 이거, 언니한테 어울릴 것 같은데."

"뭐?"

'나더러 아줌마 같은 옷을 입으라고?'

토모코가 발끈해서 확대된 사진을 봤다. 남색 바탕에 추상적인 흰 꽃무늬가 들어간 보 칼라(목둘레선에 달린 띠를 리본으로 묶어 고정시키는 옷깃—옮긴이) 블라우스였다.

"정장 안에 받쳐 입을 수도 있고 밑에는 바지랑 스커트다 괜찮을 거야. 회사에 입고 갈 수도 있잖아."

"……그렇지. 괜찮겠네."

"좋았어. 또 있나 찾아볼게."

마이는 갑자기 눈을 반짝이며 신나게 사진을 넘겨보았다. 그러고는 한참 만에야 입을 열었다.

"이것도 괜찮아. 이것도 입었을 때 아줌마 같았거든."

"응? 또 아줌마 같은 옷이야?"

"헤헤, 나한테 그랬다는 거지."

마이는 웃으며 팔을 뻗어 스마트폰 화면을 토모코 얼굴 앞에 내밀었다.

"나한테는 프릴이 좀 작아서 나이 들어 보였는데 언니한테는 딱 좋지 않아?"

스탠드칼라 블라우스(둥근 목둘레선에 곧게 세운 깃이 달린 블라우스—옮긴이)로 작은 프릴이 세로로 오른쪽에 한 줄, 왼쪽에 두 줄 달려 있었다. 목 언저리, 플라켓(옷을 입고 벗기 쉽게 덧단이 있는 트임—옮긴이), 커프스(와이셔츠나 블라우스의 소맷부리—옮긴이)의 짙은 남색 파이핑(천 끝을 파이프 모양이 되도록 싸는 재봉 방법—옮긴이)이 포인트인 듯했다.

"주로 프린트 있는 옷이 많으니까 깔끔한 스타일도 있으면 좋을 것 같아서 샀는데 안 어울리더라고."

토모코는 확대된 사진을 보며 중얼거렸다.

"프릴 같은 거 입어본 적이 없는데 어울리려나."

마이는 그런 토모코의 어깨를 탁탁 두드리고는 웃으며 말했다.

"괜찮을 거야. 하나도 안 화려하니까. 아직 아줌마도 아닌데 아줌마처럼 입을 필요 없어."

"그 말은 지금까지 내 출퇴근 복장이 아줌마 같았다는 소리야?"

토모코는 가만히 동생의 얼굴을 응시했다. 그러자 동생은 예쁘게 말려 올라간 긴 속눈썹 아래로 눈을 크게 뜨고 웃으며 대답했다.

"응. 그런 셈이지."

"뭐?"

무심코 애처로운 목소리가 터져 나왔다. 동생의 아줌마

같다는 말이 무서운 기세로 토모코의 머릿속을 맴돌기 시작했다.

"그야 출퇴근 복장은 상대를 불쾌하게 만들면 안 되니까 무난하게……."

"근데 그거랑 아줌마 같은 건 상관없잖아?"

"아줌마 같다는 말 좀 그만해!"

토모코는 저도 모르게 큰 소리로 외쳤다.

"언니가 입는 옷은 여성판 남성 정장 같은 거잖아. 좀 더 화사해도 괜찮지 않을까?"

"업무에 적합한 복장이라는 게 있는 법이야. 내 업무는 스타일보다 신뢰감이 더 중요해."

토모코는 콧김을 내뿜으면서 마이의 얼굴을 노려봤다. 그리고 마이의 대꾸를 기다렸다. 마침내 마이가 방긋 웃으며 말했다.

"언니한테 이 두 개 줄게. 분명히 잘 어울릴 거야."

토모코는 동생이 싸움을 싫어하는 착한 아이였다는 사실을 떠올리고는 한참 어린 동생을 상대로 진심으로 열을

낸 자신이 창피해지기 시작했다.

"고마워."

고맙다는 말에 마이는 기쁜 듯이 또 방긋 웃었다.

그러나 블라우스가 두 개 늘어봐야 이걸로 출퇴근용 옷이 다 갖춰진 것은 아니었다.

"그렇지 않아. 언니 말대로 남자 정장처럼 안에 받쳐 입는 옷이나 하의를 바꾸면 돼."

마이는 진지한 얼굴로 말하고는 주 5일 근무용으로 재킷 하나에 바지와 스커트를 펼쳐놓고 두 장 늘어난 블라우스와 셔츠를 조합해 보였다.

"스카프나 숄 있지? 그걸 활용하면 될 거야."

정말로 5일치 코디가 완성됐다.

"그래도 이게 반복되면 일주일마다 똑같은 옷차림이라 티가 날 텐데."

그러자 토모코의 담당 스타일리스트가 된 듯한 마이가 웃으며 대답했다.

"언니, 회사 사람이 일주일 전에 입었던 옷 기억나?"

하기야 바로 옆자리의 부하 직원을 생각해봐도 전혀 떠오르지 않았다.

"신경 쓰는 건 본인뿐이야. 그러니까 잘 관리해서 깔끔히 입기만 하면 괜찮아."

맞는 말이기는 하지만 그렇게 쉽게 단정할 문제는 아니었다.

"그럼 넌 옷이 왜 그렇게 많은데? 출근도 안 하니까 외출용 원피스 일곱 벌만 있으면 되겠네."

토모코는 또 괜히 심술을 부렸다는 생각에 말하고서 후회했다. 하지만 마이는 딱히 기분이 상한 기색도 없이 시원하게 대답했다.

"그야 내 옷들은 가치가 있잖아."

좋은 원단과 소재를 정갈하게 재봉해서 만든 명품 브랜드 옷은 토모코가 타협을 거쳐 인터넷으로 구매한 저렴한 옷들보다는 가치가 있을 것이다.

그렇다고 저렴한 옷들이 가치가 없는 건 아니다. 일상생활에 편리함을 주는 것도 가치니까. 하지만 일을 나가거나

집안일을 하지 않아도 되는 마이에게는 그런 점이 이해가
안 될 것이다.

그럼에도 토모코는 여벌이 적다는 생각이 들어 마이에
게 물었다.

"최소한 재킷은 얇은 거랑 두꺼운 것 하나씩 챙기면 안
될까?"

"안 돼. 그건 가지고 있어봤자 가치가 없어."

"으어."

마이에게 단칼에 거절당하자 토모코는 또 한심한 목소
리가 터져 나오고 말았다. 하지만 새로 장만하는 건 괜찮은
모양이었다.

"네가 추천하는 브랜드는 비싸서 못 사."

"그 정도까지 안 비싸도 된다니까. 전에도 샀으면서."

그렇게 말하며 마이는 시험을 통과한 옷더미를 가리켰
다. 그렇긴 하지만 인센티브나 나와야 살 테니 금방 장만하
지는 못한다.

"그냥 새로 사지 그래?"

언니의 주머니 사정을 개의치 않고 마이는 대수롭지 않게 말했다.

"이사 때문에 이리저리 돈이 많이 들어서 그럴 여유가 없어."

"월세는 비슷하다며. 보증금도 돌려받지 않아?"

동생 말대로 지출을 아끼기 위해 월세가 비슷한 곳으로 이사 가는 데다 이사 업체도 가장 저렴한 곳이었다.

'별생각 없는 듯해도 중요한 일은 제법 잘 기억하고 있구나.'

토모코는 약간 감탄했다. 그것은 곧 반론할 수 없다는 뜻이기도 했다.

"새로운 집으로 이사하는 김에 지금까지의 자신을 떠나보내고 한 단계 올라서 보자."

마이가 웃으며 토모코의 어깨를 토닥였다.

"'자신을 떠나 보낸다', '한 단계 올라선다' 같은 말에 휩쓸리면 돈이 줄줄 새는 법이야."

토모코가 담담하게 말했다. 마이가 "아하하, 그 말 재밌다"고 웃으면서 다시 스마트폰을 만지작거리기 시작했다.

토모코는 마이가 뭘 하는지 지켜보았다. 마이는 뭔가를 검색한 다음 스크롤을 반복하고 있었다. 그러더니 잠시 후에 다시 스마트폰을 눈앞에 쏙 들이밀었다.

"어?"

화면을 들여다보니 노 칼라 재킷 사진이었다.

"이거 언니가 샀던 브랜드의 온라인 스토어야. 지금 가지고 있는 건 테일러칼라니까 노 칼라도 있으면 변화를 줄 수 있어. 아까 봤던 보 칼라 블라우스랑 프릴 블라우스도 잘 어울리고."

"아아, 괜찮네."

토모코는 그렇게 말하면서 화면을 살짝 아래로 넘겨서 가격을 봤다. 10만 엔 이상이었다. 예전에 구입한 재킷도 비슷한 가격이었다. 내가 이런 비싼 옷을 사도 되는 건가 하고 심장이 벌렁거렸던 기억이 있다. 결국 사고 나서도 아까워서 거의 입지 않았다.

"그 재킷, 소매 기장 수선 안 했지?"

"응, 그냥 입었어."

"그럼 딱 맞겠네. 이거 담아. 하나 정했고…….."

마이는 제멋대로 버튼을 눌러서 카트에 담았다.

"어엇."

마이는 허둥대는 토모코를 아랑곳하지 않고는 다시 스크롤을 반복하다가 바지 사진을 확대했다.

"어때? 이 바지도 괜찮아."

"여기 옷은 다 괜찮아. 가격만 빼면."

토모코는 그렇게 말하며 화면을 봤다. 일자바지였다. 노 칼라 재킷과 세트인 듯했다.

"원래 언니한테 있던 바지는 핏이 날렵하니까 이런 게 있으면 또 다른 분위기를 낼 수 있어. 어떤 자리든 잘 어울리고. 언니한테 여기 옷들 어울리는데 왜 더 안 샀어?"

더 사고 싶은 마음은 굴뚝같지만 하나만 사도 지갑의 출혈이 심해진다. 다른 것도 보겠다고 말을 꺼냈다가는 매장 직원이 이것저것 추천하니 일이 커진다. 그래서 그때그때 필요한 것만 보고 곧장 돌아왔다고 토모코는 말했다.

"아아, 그럴 때 있지."

마이는 토모코가 가진 바지 기장을 살피더니 화면 속의 사이즈표를 확인하고는 고개를 끄덕인 뒤에 또다시 버튼을 눌러 카트에 담았다. 마이가 바지까지 카트에 담을 줄은 몰랐던 토모코는 당황했다. 미처 가격을 확인하지 못했던 것이다.

"왜 카트에 담았어?"

"괜찮다니까. 나한테 맡겨."

마이는 스마트폰 화면을 들여다보려는 토모코를 온몸으로 막고는 화장실로 달려갔다. 그러고는 잠시 후에 "다 끝났어"라면서 싱글거리며 돌아왔다.

"뭐야. 두 벌이나 어쩌려고. 쉽게 취소도 못 하는데."

"이제 얘네 필요 없지?"

토모코의 말에 아무런 대꾸도 없이 마이는 자신이 판단하기에 불필요해 보이는 언니의 옷가지를 개서 방 한구석에 쌓아놓기 시작했다.

"어쩔 생각인데?"

토모코가 갑작스레 부지런히 움직이기 시작한 마이의 뒷모습에 대고 몇 번이나 물었다. 마이는 방긋 웃으며 말했다.

"이사하는 기념으로 사줄게. 이 옷들은 버릴 거야."

"뭐? 갑자기 그게 무슨……."

가격이 무려 10만 엔 넘는 옷을 두 벌이나. 아무리 자신보다 돈이 많다고 해도 열네 살이나 어린 동생에게 선뜻 받을 수는 없었다.

"평소라면 이런 선물 안 해. 언니도 싫어할 테고."

"그야 그렇지."

"그러니까 이번 한 번만 이사 축하 선물. 나머지는 언니가 직접 사고. 이 브랜드 진짜 괜찮아. 여름옷도 여기서 더 장만해."

"그래도……."

마이는 미소를 지었지만 장난이 아닌 진심이 느껴졌다.

"아……."

"괜찮다니까. 딱 한 번이야. 언니가 나 엄청 예뻐해줬으니까 그 보답으로.”

“내가 그랬나.”

“그럼. 옷도 골라주고 많이 놀아줬잖아.”

나이 차이 많이 나는 동생을 귀찮다고 생각한 적은 한 번도 없었다. 부모님이 사랑을 쏟는 모습에도 질투심보다 ‘저렇게 예쁘니 당연하지’라는 마음이 들었다.

“나, 저 상자 봤거든.”

마이가 가리키는 곳에 토모코가 어린 시절부터 가지고 있던 A4 사이즈의 적갈색 종이 상자가 놓여 있었다. 그 상자는 아버지가 서류를 넣어두던 것으로, 당시 어떤 문방구에서든 팔던 평범한 사무용품이었다. 아버지가 다 쓰고 버리기 아깝다면서 초등학생이던 토모코에게 학교 프린트물을 넣어두라고 주었다.

“아, 저 상자……. 그냥 어쩌다 보니 안 버리고 계속 가지고 있었어.”

당연한 일처럼 곁에 있던, 자리도 별로 차지하지 않는 상자 한 개라서 토모코는 내용물도 확인하지 않고 그대로 새집에 가져갈 계획이었다.

"안에 뭐가 있었어?"

토모코의 물음에 마이는 그 상자를 가져와서 뚜껑을 열었다.

"어머."

저도 모르게 토모코는 큰 소리를 냈다.

안에 들어 있던 것은 크레용으로 그린 그림 세 장과 시험지였다. '세일러문', '꼬마 마법사 레미', '방가방가 햄토리'라고 제목이 적힌 그림 가장자리에 금색 종이꽃이 달려 있었다. 각 그림에는 받는 사람의 이름이 적혀 있었다.

사랑하는 토모코 언니에게 마이가

어떤 그림은 마이가 좀 더 나이 들어서 그렸는지 글자에 한자가 섞여 있었다. '꼬마 마법사 레미'의 '마(魔)' 자는 한자로 쓰기 어려웠는지 제목에 주황색 크레용으로 동그라미가 칠해져 있었다.

"오랜만이네. 아직도 기억나. 생일날 줬잖아."

마이는 어릴 적에 그림 그리기를 좋아해서 애니메이션 캐릭터를 열심히 그리고는 했다. 그걸 생일 선물로 준 것이 기뻐서 없애지 못하고 상자에 넣어두었던 것이다.

"이런 그림을 그리던 꼬마가 커서 이렇게 될 줄이야."

열심히 크레용으로 도화지에 그림을 그리던 꼬마가 명품에 둘러싸인 채 고층 아파트에 살게 될 줄 누가 상상이나 했을까.

그 그림 외에 상자에 들어 있던 것은 토모코가 고등학생 때 100점을 맞았던 색 바랜 국어 시험지였다. 이런 걸 지금까지 자랑스럽게 간직했다니 민망하기 그지없었다.

"내 그림은 진작 버렸을 줄 알았는데."

마이는 도화지를 손에 들고 중얼거렸다.

"어떻게 버려. 네가 날 위해 그려줬는데. 관찰력이 좋다니까. 그림에 재능이 있었어."

그 말을 들으며 마이는 진지하게 말했다.

"꼬맹이였으니까 이런 것밖에 못 했어."

"당연하지. 아직 어린데."

"중학생 때는 무슨 선물을 줬더라?"

"손수건인가 꽃을 받았던 기억은 나."

"아직 어린애였으니까 어른인 언니가 쓸 만한 걸 선물하기 어려웠거든. 살 수 있는 건 손수건이나 작은 꽃다발 정도였지."

"그것도 꽤 비쌌을걸?"

"응. 엄마가 돈을 절반 넘게 내줬어."

"후후, 그랬을 것 같더라."

둘은 그림 세 장을 펼쳐놓고는 마이의 유치원과 초등학교 시절 추억을 떠올렸다.

"정신 좀 봐. 마저 정리해야지."

토모코가 그림을 제자리에 넣어두고 마이도 서둘러 원래 자리로 돌아갔다.

"그래서 무슨 얘기 중이었지?"

토모코는 요즘 들어 자꾸 깜빡하는 자신에게 질색하며 마이에게 물었다.

"내가 언니한테 내 블라우스랑 새 옷 두 벌을 선물해준다는 얘기 중이었지."

"맞다. 그런데 그렇게 마음 쓸 필요 없다니까."

"드디어 언니한테 어른으로서 선물하는 거니까 받아줘."

"마음은 고마운데……."

모처럼 동생이 신경 써주는데 찬물을 끼얹는 듯해서 마음이 편하지 않았지만 토모코는 언니로서 동생에게 하고 싶은 말을 하기로 결심했다.

"알았어. 그럼 이번엔 선물 받을게. 정말 고마워. 그런데 그건 네가 받은 돈으로 사주는 거지?"

마이는 살짝 놀란 얼굴로 눈을 크게 두 번 깜빡였다.

"응, 그렇지."

"생각해서 사주는 건데 이런 말을 해서 미안해. 하지만 언니로서 얘기할게. 만약 내가 물건을 받는다면 손수건 하나라도 좋으니까 네가 번 돈으로 사주었으면 좋았을 거야. 일을 못 하는 사정이 있다면 어쩔 수 없지만 그게 아니잖아. 이대로 요행에 기대서 허송세월하는 건 별로지 싶은

데.”

토모코는 달갑지 않은 소리에 동생이 화를 내거나 속상
해할까 걱정했다. 하지만 마이는 고개를 끄덕거리며 듣고
있었다.

“그건 그래. 언니 말이 맞아.”

“선물이 어떻다는 게 아니야. 그냥 넌 아직 어린데 아까
워서 그래. 언니 입장에서는 전남편한테 받은 돈, 매달 들어
오는 위자료로 산 비싼 가방보다는 네가 직접 일해서 번 돈
으로 산 500엔, 1000엔짜리 손수건을 받는 게 더 기쁘니
까. 그리고 선물보다는 다정한 말이 더 기쁠지도 모르고.”

“사실 나도 일해보고 싶다는 생각은 있었어. 그냥 첫 시
작이 어렵더라고. 지금이 너무 편해서 그냥 그렇게 흘러온
것 같아. 전에 같이 일해보자는 데가 있었는데, 한번 연락
해볼까…….”

예전부터 단골인 옷 가게에서 인플루언서인 마이에게
SNS 홍보를 제안했던 모양이었다.

“아아, 인플루언서.”

지극히 평범한 회사에 다니는 토모코는 인플루언서가 정말 괜찮은 직업인지 묻고 싶었지만 본인이 조금이나마 일할 의욕이 생겼다는 사실에 기뻐하자고 긍정적으로 생각하기로 했다.

"정말로 하기 싫은 건 하기 싫다고 꼭 말해야 해. 괜히 머뭇거리면 마음대로 막 써먹으려고 하는 경우도 있어."

"알았어. 근데 다 좋은 사람들이라 괜찮아."

"막상 같이 일하지? 거기다 돈이 걸리잖아? 세상일이 꼭 내 뜻대로 되지 않거든. 참 무섭지."

어리둥절해하는 마이에게 토모코는 더 이상 아무 말도 하지 않았다.

"후우."

둘은 동시에 숨을 내쉬고는 서로 얼굴을 마주 보며 웃고 말았다.

"아무튼 내가 선물하는 대신 이 옷들은 다 버리자. 이제 언니도 새로운 세상으로 뛰어드는 거야."

마이는 해맑게 말했다.

"아무래도 그래야겠지? 근데 정말 이만큼만 있어도 충분하려나."

"괜찮지 그럼. 내가 아까 코디해서 보여줬잖아. 그걸로 충분해."

처음에 의욕이 없던 마이는 익숙한 움직임으로 옷을 차곡차곡 개서 빈 상자에 집어넣기 시작했다.

"거의 다 멀쩡하고 세탁된 상태니까 바자회에 내놓을게."

두 사람은 상자에 옷을 다 집어넣었고 토모코가 비닐 테이프로 뚜껑을 밀봉했다. 그 안에 계단에서 구르는 바람에 수선했던 코트는 들어 있지 않았다.

"이건 언니의 소중한 추억으로 남겨둬야지."

마이는 웃었다. 하지만 토모코는 그 코트를 남겨두고 싶은 동시에 버리고 싶은 복잡한 심경이었다. 그래도 아직은 이 코트를 간직하고 싶었다.

"뭔가 버릴 옷들을 보고 있으면 나도 이렇게 전남편한테 버림받았구나 싶어."

"어?"

비닐 테이프를 잡아당기던 토모코는 고개를 들었다.

"마음에 들어서 집에 데려왔다가 질렸다는 이유로 필요 없다고 버림받은 거잖아."

토모코는 순간 말문이 막혔다가 곧바로 할 말을 찾아내 말했다.

"무슨 소리야. 옷은 살아 있지 않고 감정도 없어. 넌 감정 있는 사람이니까, 그렇게 생각하면 안 돼. 이혼도 좋은 경험이었을 거야. 아직 젊으니까 결혼하고 싶으면 앞으로 기회는 얼마든지 있어."

토모코는 마이에게 용기를 북돋아주려고 밝게 말했다. 그러자 마이가 미간을 찌푸리며 속삭였다.

"그렇긴 하지만 지금 나한테 다가오는 남자가 어디 괜찮겠어?"

"……."

그럴지도 모른다. 로맨스 드라마는 이혼 이후 새로운 사랑을 만나 해피엔딩으로 끝나지만 현실은 다르다.

"돈을 가진 만큼 옴짝달싹못하게 된 느낌이야. 남자를 보는 눈이 없을지도 모르지. 그래도 옷을 보는 눈은 있어."

마이는 방긋 웃었다. 마이가 속상해해도 어쩔 수 없다. 그럼에도 마이가 이런 태평함을 가진 것이 토모코에게는 위안이 되었다.

"옷은 우리 집에 가면 바로 전해줄게. 앞으로는 무난한 옷 그만 사고 이 브랜드에서 사. 매장에 가기 싫으면 인터넷으로 사고. 그리고 귀찮다고 미루지 말고 기장은 꼭 수선해."

"알았어. 고민될 때 의논해도 돼?"

"물론이지. 언제든지 괜찮아."

옷에 관해서는 언니와 동생의 관계가 바뀌어 있었다.

토모코는 대량으로 옷을 처분하고 이사를 끝마쳤다. 그리고 마이가 정해준 대로 옷을 입고 출근했다. 주위 사람들이 "어딘가 멋지게 변했어"라는 말을 하기 시작했다.

"실은……."

토모코가 옷이 몇 벌뿐이란 말을 하자 다들 처음에는 화들짝 놀랐다가 "그 정도면 충분하죠"라고 수긍했다.

자기도 옷을 버리겠다고 결의를 굳히는 사람도 많았지만 정작 실행했다는 소식은 없었다. 예전의 토모코처럼 모두가 무난한 옷만 하나둘 사는 통에 비슷한 옷들만 잔뜩 떠안고 있는 듯했다.

토모코도 혼자였다면 분명 이렇게까지 옷을 정리하지 못했을 것이다. 이제 토모코는 '역시 안 되겠다'며 '옷을 버리지 못하겠다'고 한탄하는 사람들에게 마음먹기 어려우면 대신해줄 사람이 필요한 법이라고 감히 조언까지 할 수 있게 되었다.

하지만 재킷을 안 벗는다는 핑계로 동생에게 물려받은 블라우스 소매를 수선하지 않고 팔꿈치에 검은 고무줄을 묶어두었다는 사실은 동생에게도 동료들에게도 비밀이었다.

쌓아두는 엄마

'오늘은 대체 무슨 일이 일어날까.'

토모미는 신칸센 안에 앉아 있었다.

본가에 가는 길이었다. 본가에는 일흔둘인 엄마 혼자 살고 있었다.

세 살 터울인 오빠는 결혼 후에 가족과 멀리 살고 있어서 편히 불러낼 수 없었다. 그러니 엄마가 신칸센으로 한 시간 거리에 사는 토모미를 불러대는 것이다.

일흔둘이면 아직 젊은 편이라 생각하면서도 본가에 들

쌓아두는 엄마   65

를 때마다 점점 허리가 구부정해지는 엄마를 보면 '오늘은 얘기해야지'라고 마음먹었던 잔소리를 꿀꺽 삼키게 된다.

은행원이었던 아빠는 토모미가 고등학생일 때 갑자기 쓰러져서 그대로 돌아가셨다. 장례식 등의 준비는 엄마와 나이 차이가 크게 나는 이모가 도맡아주었다.

"쟤는 나보다 열두 살이나 아래라 다들 예뻐하고 뭐든 해줘서 그게 버릇이 됐어."

이모는 그렇게 말하며 씁쓸히 웃었다.

엄마는 대학교 때 아빠와 맞선을 보고 졸업하자마자 결혼해서 직장 생활 경험이 없었다. 아빠가 돌아가신 뒤에도 사치하지만 않으면 일은 안 해도 된다며 집에만 있었다.

딸인 토모미는 엄마가 잠깐이라도 밖에 나가서 기분 전환이라도 하기를 바랐다. 하지만 엄마는 적극적으로 친구를 사귀는 타입이 아니었기에 간간이 만나던 이모가 돌아가신 뒤에는 집에만 틀어박혀 지내게 되었다.

엄마가 이런 무미건조한 삶을 10년, 20년간 이어갈 거라는 상상에 토모미는 두려워졌다. 토모미는 얼마 전에 본가에 갔을 때 엄마에게 스마트폰을 선물하고 사용법을 가르쳐주었다. 엄마는 어찌어찌 조작법을 익혔는지 딸에게 연락을 하기 시작했지만 처음에 잠깐뿐이었고 이제는 본가의 유선전화로 연락을 했다.

딸이 "스마트폰 있잖아. 왜?"라고 물으면 엄마는 "저건 아무래도 전화 같지가 않아. 용건이 있을 때는 이 전화로 다 되니까 나한테 스마트폰은 필요 없어"라고 한다. 안 쓰는 물건을 위해 대출까지 받아 요금을 내는 사람의 입장도 생각해달라고 말하고 싶었다. 하지만 그랬다가는 돈이 아깝다면서 아예 스마트폰을 없애버릴 것 같아 그냥 입을 다물 수밖에 없었다.

"오늘은 무슨 일이려나."

지난번에 토모미는 역에서 파는 도시락을 먹고 집에 들어간 적이 있었다. 예전부터 먹고 싶어서 봐둔 도시락이었다. 그런데 토모미가 집에 가서 "밥 먹을 거지?"라고 묻는 엄마에게 도시락을 먹었다고 하자 엄마가 불편한 심기를 드러냈다.

"너랑 같이 먹으려고 준비했는데……."

엄마는 하루 종일 툴툴거렸다.

눈앞에 손수 준비한 음식이 차려져 있었다면 미안한 마음이 들었을 것이다. 하지만 식탁에는 동네 슈퍼에서 사 온 로스트비프, 샐러드, 샌드위치가 차려져 있었다. 엄마가 만든 음식은 하나도 없었다. 그때의 원망스러워하는 눈빛과 투덜거림을 떠올리면서 토모미는 커피를 한 모금 마시고 창밖을 응시했다.

본가는 역에서 버스로 두 정거장 거리라서 그리 긴 여정은 아니었다. 지난번에 토모미를 불렀을 때는 맞은편 집의 아줌마가 문제였다. 자기 집 앞뿐만 아니라 우리 집 앞도 자꾸 청소해주어서 엄마가 아무것도 안 하는 사람처럼 보기가 안 좋다는 것이었다. 그래서 우리 집 앞 청소를 그만두게 하려면 어떻게 해야 하느냐는 것이었다.

"엄마 생각을 그대로 전달하면 돼."

"그걸 어떻게 말하니."

엄마가 소곤거렸다.

"우리 집 앞이 깨끗하면 아줌마가 청소를 안 해도 되잖아. 엄마가 더럽게 내버려두니까 청소하는 거 아냐? 엄마가 청소해."

토모미의 말에 엄마는 한동안 삐쳐서 말이 없었다. 토모미는 귀찮아서 그냥 내버려두었다.

엄마는 "사람이 몸이 안 좋을 때도 있잖아. 또 그때는 마침 바람이 많이 불기에 청소해봐야 헛수고라고 생각했을 뿐이야"라며 투덜투덜 변명을 늘어놓았다.

"아, 그래."

토모미는 그렇게만 대답하고 더는 말하지 않았다. 그리고 토요일에 하룻밤 묵고 일요일 아침에 돌아왔다.

이번에도 토모미는 바쁜 업무로 푹 쉬고 싶을 때 호출을 받았기에 얼른 돌아가고 싶었다. 하지만 해마다 늙어가는 엄마에게 너무 냉정한가 싶기도 했다.

"이번에는 무슨 일인데?"

본가에 들어서자마자 토모미가 물었다.

"오자마자 바쁘게 뭘 그러니. 천천히 차라도 한잔 마셔."

엄마는 차가 담긴 페트병과 컵, 슈퍼나 편의점에서 파는 과자를 식탁에 늘어놓기 시작했다. 그리고 부탁도 안 했는데 텔레비전을 틀었다.

"이번에는 무슨 일인데?"

토모미는 과자 봉투를 뜯고 차를 한 모금 마시며 다시 물었다.

텔레비전 화면에 시선을 두고 있던 엄마는 토모미에게 말하는 것도 혼잣말도 아닌 작은 목소리를 냈다.

"저 사람은 나이를 하나도 안 먹었네. 이것저것 하는 건가."

"저 나이에 저렇게 팽팽할 리는 없고 아무래도 열심히 관리하겠지. 직업상 필요하니까."

"그렇지, 그런 것 같더라니."

어머니는 기뻐 보였다.

'저 사람이 얼굴에 손댔는지 안 댔는지를 이야기하려고 내가 온 게 아니라고.'

토모미는 속으로 중얼거리며 가만히 있었다.

토모미는 다른 종류의 과자를 세 개 집어 먹은 뒤에 한 번 더 물었다.

"이번에는 무슨 일인데?"

그러자 엄마는 끄응 하고 신음 소리를 내더니 조심스럽게 입을 열었다.

"혼자 처리하기 어려운 일이 있어서……."

토모미는 엄마에게 자신을 부른 정당한 이유가 있다면 딸로서 도움이 되고 싶었다. 그런데 엄마는 말없이 쓱 일어나더니 작은 방 쪽으로 걸어갔다. 한참을 기다려도 엄마는 돌아올 기미가 없었다.

"무슨 일인데 그래?"

엄마 뒤를 따라 작은 방으로 걸어가며 토모미가 말했다. 그러자 엄마 목소리가 들려왔다.

"여기야, 여기."

오빠가 어릴 때 쓰던 복도 끝의 작은 방에서 나는 소리였다. 토모미는 복도를 따라 걸어갔다.

엄마는 닫힌 미닫이문 앞에 서 있었다.

"뭔데 그래?"

토모미는 미닫이문과 엄마의 얼굴을 번갈아 쳐다보았다. 엄마가 말없이 문을 열었다.

"……이게 다 뭐야."

눈앞의 광경에 토모미는 말문이 막혔다. 창문의 셔터를 내린 방 안은 방치 상태인 가구와 산더미 같은 택배 상자로 발 디딜 틈이 없었다.

"이렇게 됐어."

엄마가 방의 불을 켰다.

"이렇게 됐다니……. 저거 컵라면 상자야? 이건 통조림이네. 카레도 있어? 이게 다 무슨……."

토모미는 배를 쑥 집어넣고는 까치발로 틈새를 돌아다녔다.

"양이 엄청나잖아. 누구한테 받았어?"

엄마는 아무 말이 없었다.

"엄마가 샀어?"

엄마는 마치 꼬마가 부모한테 야단맞고 잘못을 털어놓듯이 치켜뜬 눈으로 고개를 끄덕였다.

"왜 이렇게 잔뜩 산 거야?"

토모미는 오른손으로 상자를 두드리며 물었다.

"한참 전에 큰 지진이 있고 나서 전국 곳곳에서 큰 지진이 계속 나잖니. 저번에는 남쪽에서도 지진이 한 번 났었고. 여기도 언제 큰 지진이 날지 모르니까 비상식량을 사두려고 했어."

"무슨 말인지 알겠어. 그렇다고 이만큼이나 살 필요는 없잖아. 어쩌다 이 사달이 난 거야? 어머, 여기 일인용 비상식량 세트도 있네. 그것도 열 상자나. 일주일 분량인데 하나는 유통기한도 지났어. 왜 안 먹었어? 슈퍼에 가지 말고 이걸 다 먹었어야지."

토모미가 화를 냈다. 그러자 엄마는 끄응 하고 불만스러운 신음 소리를 냈다.

"그걸 사놓고 잊어버렸으니 별수 없잖니."

엄마는 잊어버렸다고 하면 뭐든 넘어갈 수 있다고 생각

하는 모양이었다. 그 태도에 토모미는 화가 치밀어 올랐다.

"유통기한이 다른 비상식량 세트가 몇 개나 되네. 계속 사다놓은 거지? 먹지도 않고."

"이걸 먹을 만한 큰 지진이 안 났으니까 그렇지."

"이런 건 지진이 나야 먹는 게 아냐. 유통기한이 지나기 전에 먹는 거지! 지진이 안 나도!"

순환 비축(평상시에 식료품을 소비한 만큼 다시 비축해두는 것—옮긴이)이라고 말해봐야 모를 테니 그저 화만 냈다.

"흐음."

엄마는 무덤덤했다. 처음 듣는다는 그 태도에 토모미의 분노는 한 단계 더 강렬해졌다.

"대체 뭐가 얼마큼 있는 거야?"

토모미는 몸을 최대한 홀쭉하게 만들어 이리저리 움직이며 속속들이 살펴보았다. 유통기한이 지난 2리터짜리 생수병 48개에 각종 통조림도 있었다. 그나마 다행히도 즉석 카레 24개짜리는 유통기한이 일 년 이상 남아 있었다.

그동안 본가에 왔을 때는 이만큼 쌓아두었다는 말이 없

었고 오빠 방을 들여다볼 일도 없었기에 이런 상태인 줄은 꿈에도 몰랐다.

"그리고 이 컵라면들은 다 뭐야? 하루에 얼마나 먹는다고. 더구나 똑같은 종류를."

엄마는 꾸지람을 듣는 꼬마처럼 눈만 치켜뜨고서 침묵할 뿐이었다.

"왜 이만큼이나 사다놓은 거야……."

토모미가 한숨을 내쉬며 컵라면 상자를 세어보았다. 무려 33상자였다. 유통기한이 아직 넉넉한 것이 그나마 다행이었다.

"어떻게 된 거야, 이거!"

토모미는 저도 모르게 큰 소리를 내고 말았다.

"그게 그러니까, 저번에 너무 많이 사 왔는데…… 어쩌나 싶어서……."

"그래서 날 부른 거야?"

엄마는 고개를 끄덕였다. 토모미는 다시 한번 깊게 한숨을 내쉬고는 "어쩌다 이렇게 됐는지 설명해봐"라고 조용히 물었다.

엄마 말로는 지진이 자주 나서 무서웠다고 한다. 끼니를 챙길 수 없는 것이 가장 큰 문제라는 생각에 비상식량이나 그 대용이 될 만한 것을 틈틈이 구매해두었다는 것이다. 생수 상자 같은 것은 슈퍼 직원이 배달을 와서 방까지 옮겨주었다고 한다.

"도움받아서 다행이네."

토모미는 이웃과 교류가 없는 엄마가 어떻게 생활하는지 궁금했다. 다행히도 단골 슈퍼에서 여러모로 도움을 주는 모양이었다.

"대량으로 사면 좀 싸거든."

"컵라면은 왜 이렇게 많아?"

토모미의 질문에 엄마가 조심스레 털어놓았다.

최근 다른 지역에서 큰 지진이 났다는 소식을 듣고 비상식량으로 컵라면도 있으면 좋겠다는 생각이 들었다고 한다. 토모미가 스마트폰으로 쇼핑하는 법을 알려주었기에 다음에 만나면 쇼핑했다고 자랑하려고 컵라면 파는 사이트를 찾아다녔다는 것이다. 상자에 컵라면이 두 개 놓인 사진이 있기에 한 상자에 두 개인 줄 알고 세 상자를 샀다고 한다. 그런데 받아보니 33상자나 됐다는 것이다.

"뭐?"

엄마가 봤다는 사이트를 확인해보니 정말 상자에 컵라면 두 개가 놓여 있었다. 하지만 그건 그저 상품 이미지일 뿐이었고 설명에는 12개들이 한 상자라고 분명히 적혀 있었다.

"어떻게 된 거야?"

"음…… 세 상자를 누르려다가 손이 떨려서 33상자가 됐나 봐."

"컵라면 여섯 개를 사려다가 대체 몇 개나 산 거야. 세상에, 전부 396개나 되네."

"그런 셈이지."

"태평한 소리 할 때가 아니거든!"

고맙게도 업체에서 주문 확인 차 연락을 했다고 한다. 그런데 차마 엄마는 자기 실수라고 말할 수 없어서 "그 개수만큼 필요합니다"라고 거짓말을 했다는 것이다. 배달해준 청년도 친절하게 이 방까지 전부 옮겨주었다고 한다.

"일부러 확인 전화까지 해줬는데, 왜 그런 시시한 허세를 부린 거야!"

토모미의 말에 엄마는 눈을 치켜뜨기만 했다.

"아무튼 나더러 어쩌라는 건데?"

토모미는 방 안의 기둥에 기대어 팔짱을 끼고 물었다.

"내가 나이가 있어서 무거운 상자를 들었다 놨다 못 하잖아. 정리 좀 하고 싶어서."

"알았어."

토모미는 먼저 생수 상자를 열어 주방으로 몇 개씩 옮긴 다음 상자를 정리했다.

"혹시 모르니까 이 물은 끓여서 사용해. 이대로 마시지 말고."

다음으로 유통기한이 지난 비상식량 상자를 꺼내서 마찬가지로 주방에 옮겨두었다.

"컵라면은 어떻게 할까? 한 상자에 12개씩 들었는데."

"한 상자만 남겨둘래."

엄마가 작은 목소리로 대답했다.

"알았어. 나머진 어떻게 할지 나중에 생각해보고."

토모미는 즉석 카레와 통조림 상자도 열어서 두세 개씩 꺼낸 다음 찬장에 가져다 두었다.

"눈에 잘 띄는 곳에 두면 안 까먹을 거야."

"그거 좋은 생각이다."

그 말에 토모미는 '좋은 생각은 무슨' 하고 속으로 투덜거리면서 찬장의 유리문 너머에 물건을 하나둘 나열해두었다. 혹시 이렇게 했는데도 또 새로 산다면 엄마의 머릿속은 상당히 위험한 상태일 듯했다.

"오늘 저녁밥은 재고 처리야. 뭐 사 올 생각 말고."

"응? 초밥 사 오려고 했는데."

"안 돼. 엄마 혼자서는 절대 안 먹어치울 거 아냐. 유통기한 지날 때까지 놔둔 건 엄마니까 책임져야지."

책임지라는 말이 기분 나빴는지 엄마는 불평을 늘어놓았다.

"그렇게까지 말할 필요 없잖아. 그냥 까먹었을 뿐인데."

"그래서 안 된다는 거야. 전부 버릴 거야? 음식을? 엄마는 음식 귀하다는 소리를 듣고 자란 세대잖아. 난 엄마한테 음식 귀한 줄 알라는 소리를 듣고 자랐고."

반박할 수 없는 딸의 말에 엄마의 심기는 더더욱 불편해졌다. 엄마를 몰아붙이고 있음을 알면서도 토모미는 세게 나가자는 마음이 컸다. 이런 상황을 마주했으니 당연한 일이었다.

그때부터 엄마는 말수가 적어져서 토모미가 뭘 물어도 아무런 답이 없었다.

"삐쳤어? 딸 불러놓고 삐친 거야? 삐치고 싶은 게 누군데."

입장이 불리한 엄마는 고개를 돌린 채 정원을 응시하고만 있었다.

엄마를 몰아붙이며 여태 참아왔던 말들을 쏟아내고 나자 토모미는 약간 속이 후련해졌다. 하고 싶은 말을 너무 마음에 쌓아두어도 좋지 않은 모양이었다. 엄마는 불쾌하겠지만 자신의 행동이 원인임을 깨달았으면 했다. 중대한 문제라면 몰라도 아무런 생각 없이 저지른 자신의 행동 때문에 휴일을 반납하고 본가에 와야 하는 자식의 입장도 생각해줬으면 했다.

유통기한이 아직 몇 년씩 남은 비상식량 상자는 방에 두고 유통기한이 지난 상자는 주방으로 옮긴 다음 내용물을 식탁 위에 꺼내두었다. 즉석 밥, 즉석 리소토, 나물 통조림, 빵이나 팥떡 같은 간식까지 있었다.

"종류가 엄청 많구나. 여기에다 슈퍼에서 샐러드도 사 오면 완벽하겠어."

토모미는 정원만 보는 엄마에게 말을 걸었다. 엄마는 식탁 위로 시선을 힐끗 던지고는 빤히 쳐다보았다. 약간 관심이 생긴 모양이었다.

"닭고기 조림이랑 감자 고기 볶음까지 있어. 마트에서 안 사고 이것부터 먹으면 일주일치 식비는 절약되겠다."

비상식량 세트도 돈을 주고 산 것이니 별 이득을 본 것은 아니지만 주머니와 가방에 넣어둔 돈을 잊고 있다가 나중에 발견하고서 큰 이득을 본 듯한 기분이 드는 것과 비슷한 셈이었다.

"고등어랑 참치 통조림도 상자째로 있고. 당분간은 슈퍼에서 안 사도 되겠다."

엄마는 식탁으로 다가와 통조림에 든 밥을 집어 들었다.

"어머, 이런 것도 다 있구나."

"한번 열어봐."

토모미는 그렇게 말하고는 혹시나 뚜껑 딸 힘이 없을까 싶어 엄마의 손을 쳐다봤다. 다행히 엄마는 문제없이 뚜껑을 열었다.

"이거 봐. 솥밥이었네. 어머, 고기도 들었어."

엄마는 흐뭇한 표정으로 통조림 안을 보여주었다.

"와, 푸짐하네."

엄마는 젓가락을 가져와 밥을 입에 한 입 떠 넣었다.

"어때?"

"맛있어. 먹을 만하다. 전자레인지에 돌리면 더 맛있겠는데."

"그러면 저녁은 그렇게 먹자."

토모미의 말에 엄마는 식탁 위에 놓인 나물 통조림, 수프 등을 바라보며 감탄했다.

"생각보다 괜찮네."

토모미는 '내용물을 안 보고 샀어?'라고 말하고 싶었지만 겨우 기분이 풀린 엄마를 보고는 말을 아꼈다. 엄마는 식탁에서 음식을 고르고 있었다.

"저녁은 이거랑 이거랑……."

엄마는 음식을 다 고른 다음 남는 음식은 조리대 위에 올려놓았다.

"이렇게 해두면 안 까먹겠지."

엄마는 싱긋 웃었다.

"그렇겠네. 항상 눈앞에 있으면."

토모미는 그동안 쌓인 분노를 터뜨리며 엄마를 몰아붙인 것을 반성했다. 물론 엄마는 제멋대로 일을 저지르고서 그 뒷수습을 딸에게 미루긴 하지만 그래도 잘 타이르면 받아들이기 때문이다. 앞으로도 그렇다면 좋겠지만.

"찬장 아래 수납장을 정리하면 통조림이 들어갈지도 몰라."

엄마가 손끝으로 가리키는 곳을 열어보니 안 쓰는 밀폐 용기가 뒤죽박죽 들어 있었다.

"그거, 안 쓰니까 필요 없어."

자신에게 치우라는 뜻이려니 하고 토모미는 자리를 잡고 앉아 밀폐 용기를 하나둘 꺼내기 시작했다.

크고 작은 오래된 밀폐 용기들, 오빠와 자신이 사용하던 도시락통. 중고등학생 때 쓰던 것뿐만 아니라 어릴 때 쓰던 도라에몽 그림이 들어간 도시락통까지 남아 있었다. 물론 전부 오래되어서 플라스틱의 색이 바랬다.

"이거 다 버릴게."

"응, 그러렴."

토모미는 간결한 엄마의 대답에 발끈하며 쓰레기봉투에 20개가 넘는 밀폐 용기와 도시락통 등을 버렸다.

"남은 자리에 통조림 들어가겠지?"

그 목소리에 떠밀리듯 식량이 보관된 방에 들어선 토모

미는 결국 엄마 뜻대로 일을 하고 있는 자신의 처지를 받아들였다.

토모미는 고등어 통조림과 참치 통조림이 24개씩 담긴 상자를 찬장 앞에 가져다놓고는 통조림을 꺼내어 수납장에 채워 넣었다. 수납장에는 아직 여유가 있었다. 한 손에 커터 칼을 챙겨 들고 방에 있는 닭꼬치 통조림, 가리비 통조림, 복숭아 통조림, 다른 과일 통조림을 몇 개씩 꺼내 와서 선반에 채워 넣었다.

"어머, 그런 것도 있었구나."

엄마는 토모미가 들고 온 통조림을 보고 놀라워했다.

"응. 아직 많아."

"그래?"

엄마는 마치 남의 일인 것처럼 말했다.

아무도 쓰지 않는다지만 방 창문의 셔터를 계속 내려두고 싶지는 않았다. 조금이나마 자리가 나도록 남은 통조림을 한 상자에 모아서 상자 옆면과 윗면에 굵은 유성 펜으로 내용물을 적어두었다.

그리고 창문을 열고 셔터를 올리자 바람이 들어왔다. 토모미는 숨을 크게 내쉬었다. 그러고는 답답한 공기가 잘 환기되도록 상자를 펴서 밖으로 부채질했다.

토모미가 주방에 돌아가자 엄마가 차가 담긴 페트병을 손에 들었다.

"뭐 하는 거야?"

토모미는 무심결에 소리를 질렀다.

"열심히 일했으니까, 목마를 것 같아서."

엄마는 어리둥절한 표정이었다.

"아까 말했잖아. 이거 봐, 생수가 몇 병이나 있는데."

토모미가 바닥에 옮겨둔 생수병을 가리켰다.

"아 참, 그랬지."

엄마는 목을 움츠렸다. 이렇게 큰 물체가 눈앞에 늘어서 있는데 왜 모르는 건지 토모미는 고개를 갸우뚱할 수밖에 없었다.

"찻잎 정도는 있잖아. 어디에 뒀어?"

토모미가 식품을 보관하는 선반을 살피자 등 뒤에서 목소리가 들렸다.

"거기 있는 오른쪽 통 안에 있던가? 까먹었어."

토모미가 오른쪽 통을 열었다. 찻잎이 아닌 조미김이 들어 있었다. 엄마한테 물어봐야 소용없겠다는 생각에 바구니와 통을 하나하나 확인해보았다.

아래 칸에 있는 쌀과자 통에 다섯 개만 남은 티백 상자가 들어 있었다. 유통기한은 내일이었다. 물론 유통기한이 지났다고 해서 바로 큰 탈이 나진 않겠지만 이건 꼭 말해줘야겠다는 생각에 토모미는 티백을 식탁 위에 올려놓았다.

"간신히 살렸네. 며칠은 이걸로 마셔."

"어머, 이런 게 있었구나?"

엄마는 처음 봤다는 듯한 반응이었다.

엄마는 다른 식품도 사놓고 깜빡 방치했을 가능성이 높았다. 그러다 어느 날 그 식품을 발견하고는 어쩔 수 없이 폐기했을 것이다.

엄마는 음식을 버리는 것에 양심의 가책을 느끼는 세대

인지라 평소에는 당일 먹어치울 음식만을 슈퍼에서 샀을 것이다. 그러다 천재지변이 일어날지 모른다는 생각에 비상식량과 유통기한이 긴 식료품을 쟁여놨지만 그만 그 사실조차 잊고 말았다.

토모미는 자기가 하면 기억에 안 남을 거라면서 엄마에게 차를 만들게 했다.

엄마는 생수병을 들어 올리려다가 무거웠는지 바닥에 주전자를 놓고 생수병을 기울여 물을 부었다. 토모미는 어차피 한 번 끓일 테니 위생에는 신경 쓰지 말자며 아무 말도 하지 않았다. 엄마는 찻주전자에 티백을 넣고 끓인 물을 따랐다.

"자, 여기."

모녀가 마주 보고 앉았다.

"이렇게 마실 수도 있구나."

엄마가 차를 한 모금 마시고서 입을 열었다.

"당연하지. 앞으로 차를 끓일 때는 이 생수를 사용해야 해. 알았지?"

"몇 번이나 말 안 해도 알아들어."

토모미가 몇 번을 강조하자 엄마가 발끈했다.

"정말? 나 가고 나면 다시 슈퍼에 가서 이것저것 사는 거 아냐?"

"안 그래. 그런데 슈퍼 직원이 항상 잘 챙겨주니까 아예 안 가기도 좀⋯⋯."

"거봐, 또 갈 생각이네. 그럼 찻잎 티백은 사도 돼. 당분간 페트병에 든 차는 금지야. 유통기한이 있으니까."

엄마는 입을 다물었다.

페트병은 어떻게든 되겠지만 문제는 대량의 컵라면이었다. 엄마가 먹을 양을 제외한 12개들이 컵라면 32상자를 어떻게 할 것인가. 평소 이웃과 교류가 있었다면 나눠줄 수도 있겠지만 친하지도 않은 이웃에게 뜬금없이 컵라면을 건넨다면 상대는 불편해할 뿐이다.

"그게 문제야. 생각 좀 해봐."

토모미는 또다시 남의 일처럼 구는 엄마에게 짜증이 났다. 그럼에도 어떻게 하면 좋을지 고민했다.

기왕이면 한꺼번에 처리할 방법이 없을까 하고 동네 사람들을 떠올리다가 문득 술집 아저씨가 떠올랐다. 본인도 유소년 야구 감독이고 아들도 코치를 하고 있어서 아이들이 가게에 자주 모인다. 가게 안에는 상자를 보관할 공간도 있을 듯했다.

"잠깐 다녀올게."

토모미는 차를 마시다 말고 스마트폰으로 컵라면 상자 사진을 찍은 뒤에 술집으로 달려갔다.

토모미가 인사를 건네자 아저씨가 안에서 나왔다. 토모미가 자신이 누구인지를 밝히자 아저씨가 "아, 예"라고 대꾸했다. 토모미가 컵라면 사진을 보여주자 아저씨는 왜 그렇게 컵라면이 많냐며 신기해했다.

그 틈을 놓치지 않고 토모미가 부탁했다.

"어떠세요? 공짜로 받아주시면 안 될까요?"

아저씨는 공짜라는 말에 당황했다. 하지만 토모미는 몇 번이고 고개를 숙이며 부탁했다.

"그냥 받아만 주시면 참 좋을 것 같은데."

그러자 그는 감사히 받겠다고 했다.

"아, 다행이다."

토모미는 안도했다. 하지만 아저씨는 기뻐하면서도 무슨 상황인지 이해되지 않았을지 모른다. 두 사람은 라면을 전달할 방법을 의논했고 아저씨는 곧장 작은 트럭을 끌고 오기로 했다. 토모미는 서둘러 집으로 돌아왔다.

엄마는 느긋하게 차를 마시고 있었다.

약 10분 후에 아저씨가 트럭을 몰고 도착하자 엄마는 부랴부랴 마중을 나갔다. 그러고는 "감사합니다. 맛있게 드세요"라며 한 톤 높은 목소리로 인사했다. 아저씨는 트럭으로 컵라면 상자를 나르면서 "이렇게나 많이. 무슨 일이람"이라고 몇 번이나 중얼거렸다. 마침내 아저씨는 트럭을 몰고 가게로 돌아갔다.

컵라면 32상자가 사라지자 방이 깔끔해졌다.

"창문도 다 열어서 환기 좀 시키고."

토모미가 그렇게 말하고는 엄마를 돌아보았다. 엄마는 아차 하는 표정을 지었다.

"맞다, 네가 먹을 것도 한 상자 남겨둘걸. 한 상자 돌려받을까?"

그 말에 토모미는 언성을 높였다.

"엄마는 진짜 못 말려."

'못 살아'라는 말이 토모미의 온몸에 퍼져 나가면서 모녀 사이에 다시 험악한 분위기가 감돌았다.

책벌레와 피규어 수집가의
신혼집 논쟁

사에코는 벽면에 늘어선 책장 앞에 서서 후우 하고 한숨을 내쉬었다.

높이 180센티미터, 폭 90센티미터의 책장 다섯 개에는 단행본, 문고본, 그림책 등이 빈틈없이 빼곡하게 들어차 있었다.

집에 놀러 온 학창 시절 친구는 "지진이 나면 위험해"라고 걱정했다. 실제로 진도 4의 지진이 났을 때 책장이 다소 흔들렸다. 하지만 책이 튀어나오진 않았다. 그때 빈틈없이 책을 꽉꽉 채워 넣으면 생각보다 잘 튀어나오지 않는다는 것을 알게 되었다. 그 뒤로 추가 부품을 설치해 책장을 고정했지만 책은 정리하지 않고 그대로 두었다.

사에코는 복도로 이동했다. 거기에도 벽을 따라서 높이 140센티미터 정도에 폭이 다양한 네 개의 책장이 비슷한 상태로 나란히 늘어서 있었다. 앞으로 반년 안에 처분해야 하지만 지금까지 사 모은 대량의 책을 눈앞에 두고서 사에코는 도통 엄두가 나지 않았다.

취직을 위해 도쿄에 올 때도 차마 본가에 책을 남겨둘 수 없어서 이 집으로 책을 전부 옮겼다. 사실상 사에코는 책에 둘러싸여 잠을 자는 상태였다.

하지만 이제 서른셋인 사에코는 결혼을 앞두고 있었다. 입사 동기인 야마다 요시노리와의 결혼을 반년 앞둔 지금 새로운 둘만의 삶을 시작하기 위해 어떻게든 신혼집에 들어가지 않는 분량의 책을 처분해야만 했다.

요시노리는 입사 필기시험을 볼 때 사에코의 옆자리였

다. 몇 차례 면접에서도 둘은 매번 마주쳤다. 사에코는 '아, 이 사람도 붙었구나'라고만 생각했는데, 요시노리는 '이 사람과는 분명 뭔가 있나 봐'라고 느꼈다고 한다.

책을 좋아하는 사에코는 수많은 출판사에 지원서를 냈지만 모두 떨어졌다. 그래서 일반 기업으로 방향을 틀어 현재 회사에 입사했다.

이렇게 말하기는 조금 그렇지만, 원해서 들어간 회사는 아니었다. 사에코는 출판사에 들어가지 않아도 책은 어디서 일하든 읽을 수 있다고 단념했다. 하지만 요시노리는 달랐다. 피규어와 건프라(건담 프라 모델—옮긴이)를 좋아해서 지금 회사가 1지망이었고 다른 직업을 선택하려는 생각은 조금도 없었다.

둘은 다른 부서에 발령받았음에도 요시노리는 이미 서로 친해졌다고 생각하고는 매일 사원 식당에서 점심을 같이 먹자며 사에코를 데리러 왔다. 업무상 기밀 유지 의무가 있는 요시노리의 부서는 별관 최상층에 있었다. 사원 식당은 본관과 별관 사이에 있어서 점심을 먹기 위해 굳이 사에코가 있는 본관까지 올 필요는 없었다.

사에코와 자리가 가까운 동료와 선배들은 매일 요시노리가 찾아오면 "왔다, 왔다"라고 속닥였다. 그러고는 요시노리가 사에코의 자리에 다가가면 두 사람의 대화에 귀를 기울이곤 했다.

그 사실을 알아차린 사에코는 되도록 차갑게 요시노리를 대했다. 자신은 그에게 아무런 감정이 없었기에 괜히 오해를 받고 싶지 않았던 것이다.

그러던 어느 날 사에코는 거짓말을 했다.

"오늘은 밖에서 먹기로 약속해서."

"어, 그래?"

요시노리가 되물었다. 한 남자 선배가 사에코에게는 잘 보이지 않는 위치에서 요시노리를 향해 "아냐, 아냐" 하고 손을 내저었다. 어느새 사에코의 주변 자리는 모두 비어서 자리가 멀찍이 떨어진 과장님만 남아 있었다.

"과장님이랑?"

요시노리가 물었다. 그 과장은 직원들에게 미움받는 사

람이었다. 그런 사람과 점심을 먹으러 가는 것으로 보여도 곤란하다고 생각한 사에코는 책상 위에 놓인 작은 달력을 보더니 "날짜를 잘못 봤어"라고 얼버무렸다. 결국 사에코는 그날도 요시노리와 같이 식당에 갈 수밖에 없었다.

사에코는 신간을 하루라도 빨리 읽고 싶어서 책을 많이 사는 편이었다. 그 돈을 마련하는 데도 사원 식당은 정말 도움이 되는 존재였다. 사원 식당이 없었다면 사에코의 독서 생활은 없었을 것이다.

사에코는 자신이 요시노리를 좋아하지 않는다는 것을 알리기 위해 둘이 있을 때는 무표정하게 있으려고 노력했다. 꼭 커플이 아니더라도 함께 식사하는 남녀 동료가 있었다. 하지만 같은 회사라도 업무상 아무런 접점이 없는 데다 건물도 다른 자신들이 함께 있으면 저 둘이 뭔가 있는 것 아니냐는 시선을 받는 것은 당연한 일이었다.

사에코는 요시노리가 뭘 먹을지 물어도 "A 정식"이라고 무뚝뚝하게 대답했다. 또한 마주 앉아 밥을 먹을 때에도 사에코는 요시노리의 물음에 대꾸는 했지만 자신이 질문하는 일은 없었다.

얼마 뒤에 사에코는 다른 부서 선배와 연애를 시작했고 그 사실을 알게 된 요시노리는 더는 다가오지 않았다.

그러다 사에코는 당시 남자 친구의 행동에 불만이 생기기 시작했다. 그는 둘이 있을 때 스마트폰을 들여다보면서 "아, 고등학교 때 전 여자 친구한테서 전화가 왔네"라든가, "얘 집요하다니까"라는 등의 말을 했다. 그러고는 사에코에게 일일이 화면을 보여주었다. 사에코는 '질투를 유발하려는 건가'라는 생각에 기분이 나빠졌다. 그래서 그에게 그만했으면 좋겠다고 간곡히 부탁했지만 그는 실실 웃을 뿐이었다.

그렇게 남자 친구에게 불만이 쌓여갈 때 한번은 요시노리가 지나가는 사에코에게 달려왔다.

"나는 네가 행복해진다면 참을 수 있어. 하지만 그 남자는 안 돼. 여자 관계에 대해 안 좋은 소문이 많아. 그만 만났으면 좋겠어."

요시노리는 사에코가 지금껏 본 적이 없는 진지한 얼굴

로 말하고는 잰걸음으로 사라졌다.

사에코는 한동안 멍하니 있다가 마음을 추슬렀다. 그러고는 자주 가던 가게에서 남자 친구를 만났다. 그가 디저트를 다 먹기를 기다렸다가 사에코는 헤어지자고 말했다. 그때도 그는 "어, 왜?"라고 말하며 스마트폰을 만지작거렸다.

"내가 아무리 그만하라고 해도 말을 안 듣네. 그런 점이 싫다고."

사에코가 화를 냈다. 그는 사과하기는커녕 오히려 화를 냈다.

"그런 내가 싫다면 안녕이야. 나도 네가 슬슬 질린 참이었고."

그리고 그는 스마트폰을 챙겨 자리에서 일어났다. 사에코가 그대로 멍하니 앉아 있는데 남자 친구가 실실 웃으면서 되돌아왔다.

"그때 연락 왔던 사람, 이따 만나기로 했어. 이게 내가 마지막으로 사주는 거야."

그는 그렇게 말하고는 계산을 마쳤다.

사에코는 가게 앞에서 택시를 잡아탔다.

'참 나, 어이가 없어서…….'

소설에서 이런 장면을 본 것도 같지만 설마 자신이 직접 경험하게 될 줄은 몰랐다. 마지막의 마지막까지 분노가 이는 한편 안도감이 들기도 했다.

그런 복잡한 심경이던 어느 날 직원 식당에서 우연히 요시노리와 마주쳤다. 회사 사람들은 사에코에게 여전히 남자 친구가 있는 줄 알았기에 사에코가 요시노리와 얘기해도 예전처럼 호기심 어린 눈빛을 보내지 않았다.

"나, 그 남자랑 헤어졌어. 조언 고마웠어."

사에코는 솔직하게 감사 인사를 했다. 그러자 요시노리의 얼굴이 확 밝아졌다.

"다행이네. 잘했어. 그랬구나. 다행이다. 정말 다행이야."

요시노리는 크게 기뻐했다.

이후 두 사람의 사이는 급속도로 가까워져서 2년 동안 사귀었고, 반년 후에 결혼하자는 이야기가 나왔다.

사에코는 딱히 결혼할 생각은 없었다. 결혼하고 같이 살면 아무리 이해심 많은 상대라도 여자 쪽의 부담이 커질 것 같았다. 게다가 책을 읽는 혼자만의 시간도 필요했다.

사에코가 사실혼이라도 괜찮지 않으냐고 제안했지만 요시노리는 반대했다. 사에코가 혼인 신고만 하면 되지 않느냐고 다시 제안했지만 요시노리는 결혼하는 이상 같이 살지 않으면 이상하다고 주장했다.

사에코는 요시노리의 사고방식이 의외로 고리타분한 것에 놀라며 부모님에게도 그렇게 말했다. 그러자 부모님은 오히려 요시노리의 편을 들었다.

"요시노리 씨는 결혼을 진지하게 생각하는 거야."

사에코의 집에 처음 왔을 때 요시노리가 말했다.

"책이 엄청 많네. 이거 다 읽었어?"

사에코의 집에 와본 사람은 똑같은 질문을 반드시 던졌다. 사에코가 가장 듣고 싶지 않은 질문이었다.

솔직히 말해서 다 읽지는 않았다. 신간이 나오면 사에코는 주머니 사정이 허락하는 한 책을 샀다. 책을 사는 것은 정말 즐겁고 설레는 일이었다.

물론 일부는 읽었다. 하지만 구입하는 책이 많아서 실제로는 기껏 절반 정도만 읽었고 나머지는 자기 차례를 기다리고 있었다. 새로운 책이 잇따라 추가되다 보니 차례를 기다리던 책들이 점점 구석으로 밀려나다가 일이 년 후에야 "맞아, 이 책을 샀었지"라고 깨닫게 되었다.

사에코는 요시노리의 질문에 "응, 대충 읽었어"라고 대답했다. 속내를 솔직히 털어놓으면 그는 "그럼 앞으로 읽을 책만 가져오면 되겠네"라고 할 것이 뻔했다.

둘이 함께 살면 지금 사는 방 한 개짜리 집보다 더 넓은 데서 살게 된다. 그런데 문제는 어마어마하게 많은 각자의 소장품이었다. 사전에 둘이 의논하는 자리에서 요시노리가 당연하다는 듯이 말했다.

"앞으로 읽을 책만 가져올 거잖아."

사에코는 속으로 발끈했다.

"금방 읽을 책도 있지만 갑자기 옛날 책도 읽고 싶어지거든. 딱 구분 짓기가 쉽지 않아.”

사에코가 설명해도 그는 이해하지 못하는 눈치였다.

“아무튼 방에 들어갈 정도만 가져와.”

일방적인 말이었다.

“그럼 자기도 피규어랑 건프라 처분할 거지?”

사에코는 화를 참지 못하고 다그치듯이 물었다. 그러자 요시노리는 머뭇거리며 우물쭈물 대답했다.

“아니. 우리 집에 있는 건 새로 못 만들어. 업무와도 관련 있는 거 알잖아.”

요시노리는 처분하겠다고 확실하게 말하지 않았다.

“나한테 버리라고 할 거면 본인도 버려야 공평하지.”

사에코가 강력하게 말했다. 요시노리는 고개를 끄덕이고는 기어들어가는 목소리로 대답했다.

“그건 그래…….”

“버려야 하는 사람이 나만은 아니지!”

사에코가 한 번 더 밀어붙였다.

“끄응.”

요시노리는 신음 소리를 낸 다음 후우 하고 사에코처럼 한숨을 내쉬었다.

사에코가 요시노리의 집에 갔을 때 눈에 들어온 것은 벽면을 가득 채운 유리 쇼케이스(진열장—옮긴이)에 보관된 피규어와 건프라였다.

"무슨 매장 같다."

사에코가 말했다. 그 말을 칭찬으로 들었는지, 요시노리는 유리문을 열고 하나하나 설명해주었다. 마치 주문 같은 그 이름들은 사에코의 오른쪽 귀에서 왼쪽 귀로 빠져나갔다. 그저 작은 것, 큰 것, 낡은 것, 새로운 것 등 양이 엄청나게 많다는 것만은 알 수 있었다.

요시노리의 말에 따르면 학창 시절 낡은 목조 아파트에 살 때는 피규어와 건프라를 책장에 전시해두었다고 한다. 그런데 큰 지진이 났을 때 대부분 떨어지면서 부서졌다는 것이다. 수리가 불가능한 것도 많아서 무척 속상했다고 한다.

그래서 취직을 하면 아파트에 살면서 번듯한 쇼케이스를 장만하기로 마음먹었다. 그리고 그 결심대로 쇼케이스를 하나둘 마련했다. 건프라도 전문점이나 중고 거래 사이트, 재판매 정보를 확인하며 꾸준히 사들였다고 한다.

요시노리의 소장품이 열정의 결정체임은 분명했다. 그렇다고 해서 사에코가 아끼는 책을 모두 처분하고 그의 애장품을 전부 가져가는 것은 인정할 수 없었다.

마음 착한 요시노리는 사에코의 요구를 충분히 이해하고 있지만 현실적인 어려움에 난감해하는 것이 분명했다.

이제 두 사람은 요시노리의 집에 있었다. 그들은 신혼집으로 점찍어둔 신축 임대 아파트의 평면도를 보면서 정말 자신들의 소장품이 모두 들어갈 수 없는지 살펴보았다. 신혼집은 요시노리가 알아보았다. 거실과 주방을 합치면 약 일곱 평이고 세 평 남짓한 방이 두 개인 집이다.

문제는 구조였다. 일본식 방이면 벽장이 딸려 있겠지만 신혼집에는 수납공간이 각 방의 작은 옷장뿐이었다.

요시노리는 책과 건프라가 햇빛을 받지 않도록 북향인 곳을 골랐다. 북향인 집은 채광 탓인지 창문이 많았다. 창문을 없애지 않으면 가구를 둘 공간이 없었다. 창문을 전부 없앤다면 책장도 쇼케이스도 놓을 수는 있겠지만 그것도 문제가 많았다.

두 사람은 평면도에서 가구 놓을 자리에 사각형을 그려 넣었다. 예상대로 어떻게 해도 두 사람의 소장품은 전부 들어가지 않았다.

사에코는 결혼하면서 자신의 짐을 모두 가져갈 생각이 없었고 짐을 줄여야 한다는 것도 알고 있었다. 그런데 줄여야 하는 짐이 상상했던 것보다 훨씬 많을 듯했다.

"나는 최소 3분의 1은 처분해야겠네. 자기도 쇼케이스 두세 개는 처분해야 해."

"어?"

"아니면 쇼케이스 말고 다른 걸로 바꾸거나."

"그냥 더 넓은 집으로 할걸……."

요시노리는 속상한 듯 중얼거렸다.

"우리에게 월세는 이 정도가 한계야. 넓은 집으로 가면 회사에서 멀어질 거고 출퇴근에 한 시간 반씩은 걸릴 거야.

괜찮겠어?"

"그건 무리겠지."

"책은 모양이 일정하니까 공간 배치가 효율적이지만, 피규어나 건프라는 자리를 많이 차지하니까 곤란하단 말이지."

"딱히 그렇지도 않아."

"내 책장 봤으면서."

"그래. 퍼즐처럼 빈틈없이 깔끔하게 책이 꽂혀 있지."

"그렇지. 좀 줄이기는 하겠지만 얼추 들어갈 거야. 배치를 바꿔보면 어때? 피규어랑 건프라는 전부 앞을 보게 진열하지 말고 마주 보게 놓는 거지. 간격을 좀 더 붙여서 배치하면 필요한 공간이 반으로 줄지 않을까?"

사에코는 의자에서 일어나 쇼케이스에 다가갔다. 그의 소중한 물건이라서 함부로 건드리지 않았다.

"거봐, 얘랑 얘, 크기도 딱 좋네. 이 둘을 마주 보게 하면 대결하는 것 같고 괜찮겠다. 그러면 자리가 꽤 많이 생길 것 같은데."

"그건 좀 아니지. 뭐 하러 엉덩이를 봐야 하는데. 게다가 건담끼리는 대결도 안 한다고."

"그럼 건프라 앞에 피규어를 진열하면 어때?"

"무슨 만원 전철처럼 꽉꽉 채워놓기는 싫어. 여유롭고 보기 좋게 진열하고 싶단 말이야."

"매장처럼 말이지? 근데 집은 매장이 아니잖아."

"……."

요시노리는 입을 다물고 말았다. 사에코는 강요하고 싶지는 않지만 어쨌든 서로 공평하게 물건을 처분하기를 바랐다.

"다른 것들을 처분하면 어떻게든 되려나."

요시노리는 자리에서 일어나 작은 벽장을 열었다. 거기에도 아직 만들지 않은 커다란 프라 모델 상자가 산더미처럼 쌓여 있었다. 요시노리가 말한 다른 것들은 물론 이 상자들이 아니었다.

"우와, 다 어쩌려고, 이거."

"가져갈 거야."

"뭐? 그럼 버릴 게 없잖아."

옷도 생활용품도 얼마 없었기 때문에 아무리 봐도 처분할 것은 그의 애장품뿐이었다.

둘은 평면도를 사이에 두고 침묵했다. 이대로는 어떻게 해도 서로의 소장품이 다 들어가지 않는다. 요시노리는 연필을 들고 평면도의 사각형을 이리저리 옮겨보았다. 하지만 도무지 방법이 보이지 않았다. 결국 요시노리는 한숨을 내쉬면서 연필을 평면도 위에 던지고 말았다.

"본인 방은 본인이 알아서 하면 될 것 같고."

사에코의 말에 요시노리도 고개를 끄덕였다.

"문제는 공용 공간이야. 거실이랑 주방은 테이블이 필요하고 냉장고도 들어가야 하고. 여기다 각자 얼마나 놓느냐가 관건인 거지. 나도 여기에 빽빽한 책장은 두기 싫고 자기도 대결하는 건프라를 두긴 싫을 거야."

요시노리는 고개를 끄덕이기만 했다.

"여기에는 보여주는 용으로 책이랑 건프라를 전시하기로 하고 본인 공간은 마음껏 어지럽혀도 된다고 정해두자."

사에코의 제안에 조금 기운을 되찾은 요시노리는 다시 연필을 집어 들고는 쇼케이스 두 개와 책장 한 개는 거실에 둬도 되겠다고 말했다.

"잠깐만. 왜 책장은 한 개야? 좀 이상하지. 책장 두 개와 쇼케이스 한 개면 그래도 괜찮은데⋯⋯."

"왜냐하면 공간을 고려했을 때 이게 가장 효율적이거든. 이 벽에 쇼케이스 두 개, 에어컨 밑에 책장 한 개."

"왜 책장 위치를 자기 맘대로 정하는 거야? 싫은데."

"여기밖에 자리가 없잖아."

"아니지. 왜 자기가 넓은 벽을 차지해? 그것부터 이상해."

"왜냐면 쇼케이스는 폭이 넓어서 에어컨 밑에 두면 창문을 막아버리거든."

"일단 너무 크다니까, 쇼케이스가."

"어쩔 수 없잖아. 내 방에 들어가는 걸로 샀으니까. 앞일은 생각도 안 했어."

"그렇다고 제일 넓은 벽을 독차지할 필요는 없잖아. 넓이가 문제라면 에어컨 밑도 괜찮아. 그 대신 쇼케이스를 한 개 빼고 그 자리에 책장을 하나 더 두고 싶어."

요시노리는 잠시 생각에 잠기더니 입을 열었다.

"근데 유리 쇼케이스 옆에 목제 책장이 있으면 좀 이상하지 않을까."

보기에 균형이 맞지 않는다는 것이었다.

말을 듣고 보니 그런 듯도 했다. 집에서 유일하게 넓은 벽면에 책장 두 개 혹은 쇼케이스 두 개가 있는 편이 분명 보기는 더 나을 듯했다.

"근데 이러면 거실에 소파를 못 놓겠네."

요시노리는 서글프게 중얼거리고는 평면도에서 소파로 추정되는 사각형에 X를 표시했다.

"텔레비전을 벽걸이형으로 해도 안 되겠구나."

사에코도 한숨을 내쉬며 고개를 끄덕였다.

"짐을 보관할 수 있는 창고를 얻을까?"

요시노리가 작아진 목소리로 물었다.

"그럴 돈이 어디 있어. 있다고 해도 매번 꺼내고 넣기도 귀찮지."

"아 참, 책 보관 서비스가 있다고 무슨 방송에서 봤는데."

그는 스마트폰을 손에 들고 검색하다가 화면을 보여주었다.

"이거 봐."

책을 보관해주는 여러 업체가 있었다. 업체마다 보관료는 한 달에 상자당 최대 500엔 정도였고 필요할 때 택배로 책을 보내주는 서비스도 포함되어 있었다. 사에코는 스마트폰을 받아 들고 각 업체의 조건을 비교해보았다.

"책을 가져다주는 데 돈이 든단 말이지. 사람이 직접 가져다주니까 당연하겠지만."

그런데 이게 한 상자의 가격이라니, 자신이 가진 책을 상자에 담으면 도대체 얼마나 나올지 두려워지기 시작했다.

"여기 보면, 이 정도 크기의 상자에는 겨우 이만큼 들어가. 상자가 몇십 개는 필요하겠어. 만약 50개면 그냥 보관만 해도 한 달에 2만 5000엔, 1년이면 30만 엔이나 들어. 100개면 60만 엔. 난 50개로는 절대 안 될 거야. 책이 적당히 있는 사람이라면 괜찮겠지만, 나는 안 돼."

사에코는 요시노리에게 스마트폰을 돌려주었다.

"결국 처분할 수밖에 없겠네. 그러고 보니 내 책을 처분할 방법은 적극적으로 알아보면서 자기는? 자기 물건을 정리할 생각은 있는 거야?"

사에코가 요시노리를 쳐다보았다. 그는 난감한 표정으로 사에코를 보고 있었다.

"맡기더라도 일일이 '이거 가져다주세요'라고 연락하기가……. 책이나 옷은 그래도 되지만 피규어랑 건프라는 좀 이상하지 않을까?"

요시노리는 호소하는 눈빛을 보냈다. 하긴 피규어나 건프라는 집에 장식해두는 물건이지, 보고 싶을 때마다 가져다달라고 부탁할 만한 물건은 아니었다. 사에코도 맞는 말이라고 생각했지만 단호하게 통보했다.

"아무튼 입주 전까지 처분해야 해!"

또다시 씁쓸한 얼굴로 그는 한동안 침묵을 지키다가 입을 열었다.

"책은 버리더라도 여전히 판매 중일 수도 있고 도서관에도 있잖아. 아 참, 전자책도 있고. 그건 자리도 안 차지하니까 괜찮아."

무슨 기막힌 제안을 한 것처럼 그의 눈빛이 반짝임을 되찾았다.

"나는 책을 손에 드는 감촉이 좋아."

사에코가 나지막한 목소리로 말했다. 그는 다시 고개를 떨군 채 입을 다물었다.

"아, 좋은 생각이 났어. 피규어도 건프라도 다 팔자."

이제 사에코가 눈망울을 반짝일 차례였다.

"어어?"

"저렇게 많은데 다 똑같이 아끼진 않을 거 아냐. 순위를 매겨서 좀 뒤에 있는 건 중고 거래 사이트에 팔면 어떨까? 나도 그렇게 매정하진 않으니까 자기가 아끼는 물건을 버리라고 하진 않아. 그냥 자기 대신 소중히 간직해줄 사람이 있으면 그런 사람한테 넘기는 것도 괜찮지 않을까?"

요시노리는 아무 말이 없었다.

"정가로는 못 사는 아이들한테 가면 자기도 기쁠 테고 그 아이도 얼마나 좋아하겠어. 아이들이 아니어도 어른도 좋아할 것 같은데."

사에코는 착한 성품인 요시노리의 온정에 호소했지만 대답은 없었다. 사에코가 가만히 쳐다보자 가느다란 목소리가 들렸다.

"아직 시간이 있으니까 생각해볼게……."

"알았어. 나도 줄이려고 노력할게. 근데 반년이라고 해봤자 금방이니까."

사에코는 마음을 다잡고는 풀이 죽은 요시노리와 동네 카페에서 밥을 먹고 집으로 돌아갔다.

사에코는 말은 그렇게 했지만 방에 있는 책들을 둘러보면서 모두가 합쳐서 하나의 소중한 존재라는 생각이 들기 시작했다. 그중에서 필요 없는 책은 그렇다 치고 필요한 책까지 처분하기가 괴로웠다. 하지만 그에게 한소리를 하고 왔기에 자신도 나름대로 책을 처분해야 했다.

그에게는 순위를 매겨 뒤에서부터 처분하라고 했건만, 정작 자신도 그래야 하는 순간이 오자 마음이 아팠다. 침실에는 자주 보는 책들이 많았지만 복도에 있는 책들은 거의 보지 않는다. 그냥 제목이 적힌 책등을 바라만 보고 있어도 마음이 편안해진다. 문득 눈길이 닿으면 '아, 저기 있었지' 하고 반가운 마음이 드는 것이다. 그러나 막상 언제 읽었는지 생각해보면 잘 기억나지 않았다.

사에코는 어쩔 수 없다고 체념하고는 도서관에서 읽을 수 있거나 여러 판본이 있는 등 비교적 구하기 쉬운 책들을 책장에서 꺼내 바닥에 쌓기 시작했다.

그때 학창 시절 책을 좋아하던 친구가 '매입 업체에서 보내주는 수거 상자에 책을 포장해서 연락하면 택배 업체에서 수거해 가고 매입 금액은 나중에 입금된다'고 말했던 것이 떠올랐다. 그 친구는 독서를 좋아하지만 책장 하나에 들어갈 분량만큼의 책만 보관해두고 구매한 책은 모두 읽는다고 했다. 친구의 말에 사에코는 자신은 책을 전부 소장하고 싶다고 말했던 것이 기억났다.

스마트폰으로 확인해보니 시스템은 달라도 책을 매입해주는 업체가 몇 군데 있었다. 무거운 상자를 직접 옮기기는 부담스럽지만 상자에 담는 것 정도는 가능했다.

일반 택배 상자도 받아준다고 하니 엄마가 직접 담근 매실장아찌나 식재료를 보내준 상자를 몇 개 현관에 가져가서 그 안에 책을 넣었다. 비닐 테이프로 상자를 붙인 뒤에 다시 정리를 시작했다.

소설책 한 권을 집어 들었을 때 사에코는 이 책에 나오는 조리법대로 음식을 만들었지만 가족의 반응이 별로였던 기억이 떠올랐다. "작가의 실수가 아니라 사에코가 양념을 잘못한 게 아닐까"라는 부모님의 말대로 양념의 양을 잘못 넣은 것이었다. 사에코는 무척 창피했다. 이후로 사에코는 그 책을 한 번도 보지 않았다. 그러니 그 책은 상자에 들어가야 했다.

복도에 있는 책들 중에 구하기 쉬운 것은 모두 처분하려고 했지만 집에 있던 상자 네 개가 모두 차버리고 말았다. 사에코는 한 업체에 연락해서 상자를 보내달라고 했다.

사에코는 주말 내내 책을 정리했다. 책장에 있을 때는 그리 많지 않았지만 막상 상자에 담으니 그 부피가 엄청나서 집 안에 돌아다닐 공간이 거의 없을 정도였다.

결국 상자 15개의 포장을 끝마치고 배송 업체를 통해 발송했다. 물론 책은 여전히 남아 있었지만 사에코는 출장 중인 요시노리에게 전화를 걸어 압박하는 것도 잊지 않았다.

"요새 정리하는 중이야. 자기는 어때?"

사에코의 예상대로였다. 비즈니스호텔에 묵고 있는 그는 말끝을 흐리며 대답이 시원치 않았던 것이다.

"안 하고 있구나."

"아냐, 출장 중이라 그래."

"오늘 말고 지금까지의 진행 상황을 물어본 건데."

"흠······."

안 하고 있는 것이 분명했다.

"자기야, 이제 반년 남았어. 이렇게 여유 부리다가 정말 큰일 나."

사에코는 전화를 끊었다.

책을 한 번 정리하고 나니 앞으로도 책을 얼마든 줄일 수 있겠다는 묘한 자신감이 생겼다. 물론 아끼는 책과 이별하는 것은 슬프지만 언제까지나 엄청난 짐을 짊어지고 지낼 수는 없는 노릇이었다.

먼 미래를 생각해도 자신이 거동이 힘들어졌을 때 자식에게 책을 처분하게 하는 것은 부모로서 괴로운 일일 것이다. 자식이 없으면 남에게 수고를 끼치게 된다. 반년 후의 이사는 자신이 변화할 좋은 기회인지도 모른다. 사에코는 그렇게 생각하기로 했다.

의욕이 생긴 덕분에 추가로 업체에서 상자를 받아 침대 옆에 잔뜩 쌓아둔 책들도 정리했다. 책을 손에 들 때마다 이 책과 이별하고 싶지 않다는 생각에 몇 번씩 마음이 흔들렸지만 요시노리에게 해냈음을 보여주고 싶다는 생각도 있었기에 마음을 독하게 먹었다.

그 결과, 책으로 빼곡한 다섯 개의 책장이 네 개로 줄어들었다.

'이 정도면 그도 뭐라고 못 하지 않을까?'

요시노리가 출장에서 돌아온 주말, 두 사람은 요시노리의 집에서 이야기를 나누었다. 집 안에 한 걸음 들어서자마자 사에코는 그가 아무것도 하지 않았다는 것을 알았다. 지난번에 만났을 때와 달라진 게 하나도 없었다.

사에코가 집 안 사진을 보여주자 그가 감탄했다.

"대단하다. 다 정리했네."

"당연하지. 해야 하니까. 늑장 부리다가 벌써 한 달이나 지났어. 어쩔 거야, 저기 서 있는 것들?"

사에코가 쇼케이스를 가리켰다. 그는 흐어어 하는 괴상한 소리를 내며 슬픈 눈빛으로 사에코를 쳐다보았다.

"아무리 그래도 쉽게 정리하기는 좀……."

어떻게든 처분하라는 사에코의 압박에 요시노리는 맥을 못 추고 있었다.

"나도 책 버리기가 쉽지 않았어. 그래도 마음 독하게 먹고 추억이 담긴 책들과 작별했다고."

요시노리는 계속 시선을 떨구고 있었다.

"도저히 처분할 수 없다면 해결책이 하나 있긴 해."

"어?"

그가 고개를 들었다.

"같이 안 살면 돼. 그럼 이대로 둬도 되잖아. 사실혼, 아니면 혼인신고를 하더라도 따로 사는 거지."

결혼은 그렇다 치고 사에코는 원래 동거할 생각이 없었다. 요시노리가 결혼은 그런 것이 아니라며 합가를 밀어붙였을 뿐이었다. 그러니 웬만하면 같이 살지 않는 것을 바랐던 그녀에게는 이쪽이 더 반가운 셈이었다.

요시노리는 더욱 서글픈 표정을 짓고는 아악 하고 소리치고 다시 고개를 숙였다.

"쟤네 전부 그대로 두고 싶으면 아깝지만 신혼집을 해약하고 별거하는 수밖에 없어."

사에코는 등을 꼿꼿이 세우고 선언했다.

"으아아아앗!"

요시노리는 큰 소리를 지르고는 방바닥에 주저앉았다.

"인생에서 가장 힘든 선택을 해야 하다니."

그러고는 괴롭다는 듯 끙끙거리기 시작했다.

"인생은 선택의 연속이야."

사에코는 예전에 읽은 책에 적혀 있던 문장을 읊었다.

"본인이 선택하지 않으면 아무도 대신 정해주지 않아. 내가 정한다고 하면 그것도 싫잖아? 최대한 빨리 결정하는 것이 부동산에도 폐를 덜 끼칠 것 같은데."

담담하게 말하는 사에코의 발밑에서 요시노리가 머리를 부여잡고 한참을 몸부림쳤다.

그가 고민하는 동안에도 시간은 흘렀다. 다시 주말이 다가오자 사에코는 메시지를 보냈다.

— 이제 정리는 좀 됐어?

처음에는 "노력 중이야"라거나 "하려는 마음은 있는데 바빠서 쉽지 않네"라는 답장이 왔지만 요즘은 메시지를 읽고도 매번 답장이 없었다.

— 야, 장난해?

심야에 사에코가 격노의 메시지를 보냈다. 요시노리는 곧바로 "죄송합니다"라는 답장과 함께 꾸벅 사과하고 엎드려 절하는 이모티콘을 열 개씩 보내왔다.

사에코는 쯧쯧 혀를 차면서 잠옷 차림으로 침대에 엎드렸다. 지금껏 벽을 가득 채웠던 책이 절반으로 줄어들어 쓸쓸한 마음이 들었지만 요즘에는 여백도 좋다는 생각이 들었다. 그럼에도 바닥부터 천장까지 책이 빼곡한 방의 사진을 잡지 같은 데서 보면 역시 부러움과 동경이 일었다.

사에코는 자신이 책을 처분한 것이 요시노리를 향한 애정 덕분이었는지 생각해보았다. 그의 제안을 받아들이면서 책을 처분하게 되었다. 같이 살기 싫다고 단칼에 그의 제안을 거절할 수도 있었지만 그러지 않았다. 그러나 같이 살자고 먼저 말을 꺼낸 그는 괴로움에 몸부림치면서도 컬렉션을 정리할 낌새가 전혀 없었다.

"이건 역시 불공평하지?"

사에코는 침대에서 벌떡 일어나더니 자신의 생각이 너무 짧았다고 깊이 반성했다. 무심코 그의 말을 따른 것이 큰 실수였다.

"그랬으면 화집이랑 그림책은 안 내놨을 텐데."

억울한 마음이 들었다.

'이대로 느긋하게 시간이 흐르기를 기다렸다가 자기 물건은 처분하지 않고 새집에 모두 가져오는 거 아냐?'

그런 생각이 들자 요시노리가 비겁하게 느껴졌다. 요시노리도 사에코만큼 정리해야 한다. 사에코도 그가 자신의 애장품을 얼마나 아끼는지 알고 있기에 모두 버리라고 하지는 않았다. 그녀는 그렇게 인정사정없는 사람이 아니었다. 다만 이사할 집에 들어갈 만큼은 가져오고 나머지는 다른 곳에 보관했으면 좋겠다는 것뿐이었다.

— 처분 못 하겠으면 보관 업체를 알아보면 어때? 물론 비용은 본인이 전액 부담해야겠지만.

사에코가 그렇게 메시지를 보내자 "검토해볼게"라는 답장이 왔다.

— 검토라고? 이제 그럴 단계는 아니지.

분노한 사에코가 다시 문자를 보냈다. 그러자 요시노리는 문자를 읽고도 답이 없었다.

"사람을 바보로 보나."

사에코는 침대 위에 스마트폰을 던져버렸다. 애초에 자신이 결혼에 적극적이었던 것도 아니었다. 요시노리에게 맞추다 보니 이렇게 되어버린 것이었다.

"결혼을 꼭 하고 싶다는 마음도 없고 그냥 친구 사이여도 전혀 문제없으니 약혼을 깨도 된다고 말해줘야겠어."

그리고 그녀는 메시지를 보냈다.

— 내 인내심에도 한계가 있어. 계속 이 상태라면 약혼을
  깰 생각이야.

양가가 모여 정식으로 약혼식을 한 것은 아니었다. 물론 신혼집 등을 취소하면 비용이 발생하겠지만 그건 모두 요시노리가 부담하면 된다. 이번에는 순식간에 답장이 왔다.

— 만나서 얘기하자.

사에코는 또다시 화가 났다.

— 그럴 시간이 있으면 당장 눈앞에 있는 것부터 치우지 그래.

사에코는 그렇게 문자를 보내고는 계속 무시해버렸다.

그러자 요시노리는 회사에서 업무상 용건이 없는데도 사에코의 사무실을 들여다보며 분위기를 살피기 시작했다.

"야마다 씨, 왜 저러는 거야?"

작년에 결혼한 동료가 웃음을 터뜨렸다.

"좀 싸워서요."

사에코의 말에 그녀는 진지한 표정을 지었다.

"왜? 무슨 일인데?"

사에코가 그 이유를 말해주자 그녀가 당황한 표정을 지었다.

"아아, 취미로 모으면 그렇지."

그녀의 오빠는 어렸을 때부터 낚시가 취미였고 결혼 후에도 낚시를 즐겼다고 한다. 아이들이 자라는 동안 크지 않은 집에 낚시 도구가 공간을 차지하는 것에 새언니는 불만이 많았다고 한다. 새언니는 계속 불평했고 두 사람은 여러 번 다퉜다고 한다. 어느 날 퇴근한 오빠는 낚싯대, 릴, 루어 등 낚시용품이 몽땅 사라진 것을 발견했다. 낚시용품이 있던 자리에는 어린이용 책상과 의자가 놓여 있었고 큰애가 거기서 그림을 그리고 있었다.

그는 아내에게 여기 있던 물건들은 어떻게 되었느냐고 물었다. 아내는 중고 가게에 들고 가서 팔았다고 했다. 마침 그 가게에 아이에게 딱 맞는 책상과 의자가 있어서 사 왔다고 했다. 오빠는 충격에 말문이 막혔음에도 아이가 무척 좋아하는 모습에 "잘했네"라고만 말했다.

"새언니한테는 말을 못 하고 나한테 '미친 거 아니냐'면서 막 화를 내더라고."

"그 뒤로 부부 사이는요?"

"괜찮은 것 같아. 이혼도 안 했거든. 오빠도 애들 생각해서 참은 게 아닐까."

부모는 아무리 자신이 손해를 보더라도 자식을 위해서라면 참는다.

그나저나 그 아내는 무척 대담한 사람인 것 같다. 만약 사에코 자신이 똑같은 짓을 하면 요시노리는 어떻게 할까? 완전히 폭발해서 목을 조를지도 모른다. 평소 조용한 사람은 화가 나면 물불 가리지 않기에 난폭해질 수도 있다.

요시노리는 동료의 오빠처럼 너그럽게 넘어가지 않을 것이다. 절대 '미쳤냐' 정도로 끝나지 않을 게 분명했다.

"고민이겠네. 뭐 좋은 방법 없으려나."

사에코는 동료가 자기 일처럼 걱정해주어서 고마웠다. 그 와중에도 요시노리는 사무실 출입구 근처에서 서성거리다가 눈이 마주치면 몇 번이고 작게 손짓했다. 사에코가 어쩔 수 없이 복도로 나가자 그가 물었다.

"저번에 보낸 메시지 진심이야?"

"진심이야. 왜냐하면 이대로는 그 집에서 못 살 테니까. 이러는 동안에도 시간은 흐르고 있어. 자기가 행동으로 옮기지 않으면 아무것도 시작되지 않아. 알고는 있어?"

요시노리는 침묵했다. 사에코는 자기 자리로 돌아갔다. 그는 무척 서글픈 얼굴을 하고 있었다.

'슬퍼만 한다고 상황이 좋아지지 않는다고.'

사에코는 마음속으로 그렇게 말하고는 컴퓨터 앞에 앉았다. 처음에는 얼른 정리하지 않는 그에게 화가 났지만 이제는 '계속 그러면 결혼은커녕 동거도 없어'라는 심정이었다. '상대가 어떻게 나오느냐에 따라 파혼할 수도 있다'는 생각에 사에코는 마음이 편해지기 시작했다. 상대의 선택에 따라 대응하면 그뿐이었다.

사에코는 매일 그의 눈치를 살피는 것도 지겨워졌다. 그럴 시간에 새로 산 책을 한 줄이라도 더 읽고 싶었다. 이제는 '자, 맘대로 해봐'라는 기분이었다.

한편, 요시노리는 여전히 회사에서 수상하게 굴면서 하릴없이 사에코의 주변을 어슬렁거렸다. 그렇다고 집 정리가 얼마나 되었는지 설명하는 것도 아니라 그냥 어슬렁거리기만 했다.

'귀찮네, 진짜.'

사에코는 요시노리가 말을 걸면 뭐라고 해줄 생각이었지만 그가 아무 말도 안 하니 그냥 무시하고 있었다. 옆자리 동료가 "괜찮아? 야마다 씨, 무슨 용건이 있는 건가?"라며 괜히 자리를 비켜주려고 했다.

"용건이 있으면 말을 걸겠죠."

누가 봐도 요시노리의 행동은 이상했다.

그렇게 서로 대화도 연락도 하지 않은 지 이주일이 지났다. 다시 슬금슬금 책이 늘고 있는 방에서 사에코는 침대에 누워 있었다. 그리고 결혼을 앞두고 이대로 괜찮을지를 생각했다.

고작 둘이 같이 살게 되는 것만으로도 이토록 난리인 것이다. 더구나 상대는 아무것도 하지 않고 그저 느긋하기만 해서 그걸 추궁하면 이런저런 이유를 늘어놓으며 피할 뿐이었다. 문제가 해결될 기미는 전혀 보이지 않았다.

결혼하면 더 많은 난제가 닥칠 것이다. 집안 살림도 그렇고, 아이가 생기면 육아나 교육관에 차이가 날 것이다. 서로의 부모님을 돌보는 문제도 생길 것이다. 그때마다 은근슬쩍 문제의 본질에서 눈을 돌린다면 곤란하다. 현실을 직시하려는 의지가 지금의 요시노리에게는 없었다.

"진짜 파혼이야, 정말로."

사에코가 나지막한 목소리로 중얼거렸다.

그런 마음의 소리가 전해졌는지 다음 날 "친구 중에 맡아줄 사람을 찾고 있어"라는 메시지가 왔다. 친구들한테도 폐를 끼친다는 것이 한심했지만 그래도 약간 의지가 생겼다는 것에 안도했다. 다시 며칠이 지나고 새로 메시지가 왔다.

— 첫 번째 친구도 두 번째 친구도 안 된대. 지금은 세 번째

친구의 연락을 기다리는 중이야.

— 알았어.

사에코는 그렇게만 답장했다.

이 문제는 노력했다고 끝이 아니다. 실제로 개수를 줄여야 한다. 섣불리 먼저 연락하면 바로 온정에 호소하려고 하기에 사에코는 아예 연락을 끊고 있었다. "알았어"라는 말을 하도 많이 써서 스마트폰에서 '아'를 입력하면 '알았어'가 자동으로 상단에 나왔다.

사에코의 판에 박힌 답장과 회사에서의 무뚝뚝한 태도를 보고 불안해졌는지 하루는 그가 먼저 전화를 걸었다.

"잘 지냈어?"

"잘 지내지. 아까 회사에서 봤잖아."

"엘리베이터 앞에서 마주치기만 했지, 얘기는 안 했으니까."

"얘기할 게 뭐 있어. 자기가 할 일을 안 하는데."

"또 그 얘기. 요즘 일이 바빠서 당장은 못 해."

"나도 똑같이 바빴지만 제대로 했어."

"대단하네."

"그래, 나 대단해. 그래서 자기는?"

사에코의 말에 그는 한동안 입을 다물고 있다가 마치 남의 일처럼 투덜거리기 시작했다.

"친구들도 힘들더라."

첫 번째 친구는 고등학교 동창인 고향 친구로, 지역 대학에 진학했고 결혼 후에는 부모님의 건설사를 물려받아 가족이 사는 넓은 부지 한쪽에 집을 지었다고 한다.

"안 쓰는 여덟 평짜리 공간이 있으니 거기 둘 수 있을지도 몰라."

요시노리가 자신의 사정을 설명하자 그런 대답이 돌아왔다고 한다. 그래서 기대했건만, 임신 중인 친구의 아내가 나중에 아이가 더 생기면 그 공간을 사용할 수도 있다면서 그때 맡긴 물건을 가져갈 것인지를 물어봐달라고 했다는 것이다.

"그렇겠지."

사에코는 담담하게 말했다. 그의 고향은 도쿄에서 비행기로 두 시간 가까이 걸리기 때문에 귀중한 물건을 차에 싣고 왔다 갔다 하기도 쉽지 않을 것이었다. 그리고 무엇보다 친구의 아내가 은근히 반대하고 있지 않은가.

"그래서 첫 번째 친구는 안 됐어."

요시노리는 나직이 말했다.

프라 모델 가게에서 알게 된 두 번째 친구는 쉽게 이해해줄 것도 같았다고 한다. 처갓집 소유의 넓은 아파트에 산다는 말을 들었기에 오랜만에 연락해봤다고 한다. 그랬더니 그 친구는 유치원생에다 쌍둥이까지 아들만 셋이었다.

"망가뜨려도 괜찮으면 맡아줄게."

그 친구가 말했다. 그의 소중한 컬렉션의 일부도 이제는 세 아들의 장난감이 됐다고 한다.

그러면서 그 친구는 "언젠가는 포기해야 할 거야. 아무리 많아도 저세상에는 못 가져가잖냐"라고 했다는 것이다.

"그렇겠지."

사에코도 그리 말할 수밖에 없었다.

그리고 독신인 세 번째 친구는 자리를 좀 만들어달라는 부탁에 "난 프라 모델 따위에 아예 관심도 없는데 왜 네 쇼케이스까지 맡아야 하지? 너, 결혼할 거면 정신 좀 차려"라고 말했다고 한다.

요시노리는 그 말을 쓸쓸하게 전했다. 그 친구네 집에는 고양이가 세 마리 있어서 되도록 물건을 많이 두지 않고 실내에서 자유롭게 뛰놀게 해주고 싶다고 말한 모양이었다.

"그렇겠지."

사에코는 그 말밖에 할 수 없었다.

다들 각자의 사정이 있었다. 그들도 자신의 삶을 위해 필요한 것, 좋아하는 것을 사고 또 때를 봐서 처분하기를 반복하는 것이다. 두 번째, 세 번째 친구가 따끔하게 말해주어서 다행이라고, 슬퍼하는 그의 목소리를 들으며 사에코는 고개를 크게 끄덕이고 있었다.

"어쩌지."

"글쎄."

"큰일이네."

"고생했어."

사에코는 일방적으로 전화를 끊었다.

요시노리처럼 물건을 수집하는 사람은 그걸 중심으로 일상을 살기 마련이다. 전부 처분하라는 것이 아니었다. 자신이 원하는 상태가 되려면 일부는 포기해야 한다. 그런데 그러려고 하지 않으니 사에코가 화가 나는 것이다.

사에코는 요시노리의 컬렉션에 관심은 없지만 그래도 자신이 책을 아끼는 것처럼 그의 취향을 존중하고 싶었다. 하지만 그가 원하는 방향과 행동이 일치하지 않는 점에 사에코는 화가 났다. 더구나 사에코에게는 책을 줄이라고 하면서 정작 자신은 아무것도 하지 않았다.

사에코는 또다시 분노가 치밀어 올랐다. 요시노리가 자신을 평생의 반려자로 생각해주어서 기쁘고 고마웠다. 하지만 그것만으론 현실을 살아갈 수 없다.

또 한동안 연락이 끊겼고 회사에서도 요시노리는 더 이상 주변을 서성거리지 않았다.

"괜찮아? 설마 헤어진 건 아니지? 결혼 준비는 잘되는 거야?"

두 사람이 싸웠다는 사실을 아는 동료는 점점 걱정되는 눈치였다.

"서로 결정적인 말은 안 했으니까 괜찮을 거예요."

사에코의 대답에 마치 당사자인 것처럼 동료의 얼굴이 어두워졌다.

"어머, 정말? 큰일이네."

사에코는 자기 일인데도 마치 남의 일처럼 느껴졌다.

마냥 느긋하던 요시노리도 친구들에게 거절당한 뒤로는 더는 외면할 수 없다고 생각했는지 적극적으로 컬렉션을 맡길 곳을 찾기 시작했다.

그는 전시하는 것을 포기하고 사에코에게 추천했던 보관 서비스를 검토해봤지만 파손을 피하기 위해 꼼꼼히 포장하면 상자에 넣을 수가 없었다. 게다가 사에코의 책과 마찬가지로 한 달에 수만 엔이나 든다는 점이 부담스러워서 포기하게 되었다.

다음으로 요시노리는 혼자 사는 남동생에게 전화를 걸었다. 회사 기숙사에 사는 동생은 방이 두 개라고 했었다.

동생도 프라 모델을 좋아해서 둘이 동네 장난감 가게에 자주 갔었다. 요시노리는 동생이라면 이해해줄 거라고 생각했지만 "그럴 공간 없어"라는 말과 함께 단칼에 거절당했다.

요시노리가 이유를 묻자 동생이 곧바로 사진을 보내왔다. 요시노리가 마치 자기 방으로 착각할 만큼 커다란 선반에 프라 모델이 빼곡히 진열돼 있었다. 진열에 쇼케이스를 사용했느냐 안 했느냐의 차이만 있을 뿐이었다.

"너도 그렇구나."

"당연하지. 자리가 있으면 이렇게 돼. 저렴한 선반을 사다가 조립했어. 형네 집은 어떤데?"

요시노리가 동생에게 사진을 보냈더니 외마디비명만 들려왔다.

"아이고."

"뭐가 아이고야."

"그 정도면 끝장이지. 거의 매장이잖아."

"당연하지. 예전 집에서 지진 때문에 대부분 망가졌어. 희귀한 애들이었는데. 다신 그렇게 되기 싫어서 신경 좀 썼지."

"나도 튼튼하게 고정해놨어. 매장처럼 꾸며놓으면 정리하기가 더 힘들 텐데."

동생의 말에 요시노리는 아무 말도 할 수 없었다.

"형수가 뭐라고 했어?"

물론 남동생도 그녀를 알고 있었다. 요시노리가 상황을 설명했다.

"형수는 싹 정리했는데 형만 모른 척하면 안 되지. 당연히 화날 만해."

그 말에 당연하게도 요시노리는 반박할 수 없었다.

"만약에 너라면 어떻게 할래?"

자신이 불리해지자 요시노리는 되레 화를 내며 동생에게 물었다.

"음, 나라면 같이 상의해서 처분할 거야. 버리는 게 아니라 중고 거래 사이트에 팔거나 하겠지. 물론 아주 중요한 건 남겨두겠지만 다른 건 정리할 거야."

차분한 동생의 말에 요시노리는 오히려 점점 화가 치밀어 오르는 듯했다.

"그게 현실로 다가오면 쉽게 결정 못 할걸. 넌 그냥 상상만 하는 거야."

"형은 우유부단하니까. 프라 모델 살 때도 그랬고."

동생은 같이 쇼핑을 가도 자신은 원하는 것을 미리 어느 정도 정해두고 금방 뭘 살지 결정한 반면 형은 상자를 몇 개씩 늘어놓고 마냥 고민만 했다는 것이다.

초등학생 때의 기억이 떠올랐다. 동생 말대로 하나만 고르지 못하고 고민하다가 슬픈 마음에 눈물을 흘린 일도 여러 번 있었다.

"성격이니 어쩔 수 없어. 그런데 이번 일은 형이 잘못한 거야. 형수는 정리했는데 형만 버티는 건 좀 아니잖아."

요시노리도 잘 알고 있지만 할 수가 없으니 곤란한 것이다. 동생과 얘기해봤자 상황이 나아지지 않는다는 걸 알았기에 요시노리는 "알았어. 들어가"라며 전화를 끊었다.

"어어."

그렇게 대답하는 동생의 마냥 가벼운 목소리에도 요시노리는 화가 났다.

이렇게 되면 부모님께 부탁할 수밖에 없다고 생각한 요시노리는 본가에 전화를 걸었다. 어머니가 밝은 목소리로 전화를 받았다.

"준비하느라 힘들지?"

마냥 기쁜 듯한 어머니에게 자기 때문에 파혼 소리까지 나왔다고는 말할 수 없었다.

"그렇지, 뭐."

대충 얼버무린 요시노리는 "부탁이 있는데"라고 말을 꺼냈다.

"무슨 일인데? 부탁이라니?"

어머니의 목소리가 변하더니, 불안해하는 분위기가 전해졌다. 요시노리는 티가 나지 않게 최대한 밝게 물었다.

"내 짐이 새집에 다 안 들어가서. 혹시 맡아줄 수 있어?"

"짐? 짐이 그렇게 많았니?"

그렇게 말하고 어머니는 입을 다물었다. 지금 집에 어머니는 몇 번 온 적이 있었다. 그때는 아직 쇼케이스를 사기 전이라서 건프라나 피규어는 책장과 책상 위에 빽빽이 진열돼 있었다. 그걸 본 어머니는 물론 별 칭찬 없이 "아이고야"라는 말만 남겼다.

"저기, 방에 잔뜩 있던 거 있잖아."

"아아, 프라 모델이랑 인형."

"응, 뭐 인형이긴 하지. 어쨌든 개수가 좀 많아서 자리가 없네."

"엄청 많긴 하더라. 뭐가 그렇게 많은지 깜짝 놀랐어."

"어어, 그래서 놓을 자리가 없어."

"그건 알겠는데, 그걸 어떻게 하라는 거야?"

"그걸 그러니까, 맡아줬으면 해서."

요시노리는 심장이 두근거리는 가운데 대답을 기다렸다. 그러자 기껏 "왜?"라는 말만 돌아왔다.

"없거든, 맡길 곳이."

그러자 어머니는 택배 상자에 담아서 보관하면 되지 않

느냐, 비용을 내면 보관해주는 개인 창고 같은 것도 있지 않느냐고 했다. 요시노리는 상자에 넣기도 힘들고 금전적으로도 어렵다고 대답했다.

"애초에 애들도 아니고 장난감을 여태 간직하는 게 이상한 거야. 정말 아끼는 건 몇 개 없지? 이제 둘이서 새로운 생활을 시작하는 거니까 필요 없는 건 얼른 다 버려."

어머니는 요시노리를 설득하기 시작했다.

"그걸 못 하겠으니까 그러지."

요시노리가 한숨을 내쉬자 어머니는 어이없다는 듯 말했다.

"한심하네. 자기 물건도 제대로 못 치워?"

요시노리는 자신의 컬렉션이 얼마나 소중한지 자세히 설명했지만 어머니는 관심 없다는 듯이 한숨만 내쉬었다.

"정말 필요한 것만 가지고 가든지, 아니면 열심히 노력해서 넓은 집으로 가든지 둘 중 하나겠네. 이런 일로 꾸물거리면 사에코는 도망갈 거야. 아무튼 힘내."

그리고 전화가 끊어졌다. 모든 가능성이 막혀버렸다.

그런 상황을 전해 들은 사에코의 대답은 여전히 같았다.

"그렇겠지."

말수가 적은 요시노리는 먼저 전화를 걸어놓고도 전화기를 통해 숨소리만 들려줄 뿐이었다. 여기서 침묵을 깨기 위해 이런저런 말을 걸기도 지친다는 생각에 사에코는 그저 그의 숨소리를 듣고 있을 수밖에 없었다.

"저기, 정말 미안하지만……."

그가 정중하게 말을 꺼냈다.

"뭔데?"

"그…… 자기 본가에 맡기면 안 될까?"

"응? 우리 고향집 말이야?"

"맞아."

사에코는 어이가 없었다.

"그럼 자기가 연락해볼래? 내가 할 얘기는 아니니까. 전화번호는 알지?"

"응, 알아."

"이번 일, 나는 간섭하지 않을게. 우리 부모님이랑 의논해봐."

"저기, 혹시 중간에서 도와줄 수 없을까?"

"내가?"

"응."

"그럴 순 없지. 부모님이랑 의논해서 정해."

그렇게 전화를 끊은 후에 사에코는 감탄했다.

'이렇게까지 도움의 손길을 요청하다니.'

결혼하고 몇 년이 지나 사에코의 부모님을 여러 번 봤으면 모를까 제대로 만난 적도 없는데 의지할 생각을 하다니, 어지간히 컬렉션을 포기하기 싫구나 싶어 웃음이 나오기까지 했다. 하지만 동거든 컬렉션이든 하나는 포기해야 한다.

사에코는 부모님에게도 따로 연락하지 않았다. 그런데 다음 날 이른 아침, 엄마에게서 전화가 걸려 왔다.

"야마다 씨가 프라 모델 같은 걸 맡아달라고 하던데 무슨 소리니?"

사에코가 웃음을 참으며 사정을 설명했지만 엄마는 무

슨 말인지 완전히 이해하지 못하는 눈치였다. 그럼에도 아버지와 상의해서 요시노리의 부탁을 거절하는 쪽으로 결론을 낸 듯했다.

"그래도 괜찮아."

"자기 부모면 몰라도 우리한테까지 부탁할 정도면 급한가 보네. 근데 좀 이상하긴 하다. 이제 둘이 같이 살아야 하는데."

그렇게 안 될지도 모른다고 하면 얘기가 길어지기에 사에코는 말을 아꼈다.

"거절해도 돼. 그게 그 사람을 위한 거니까."

"그래, 미안하지만 이번엔 어렵다고 연락해둘게."

엄마는 완전히 이해하지는 못해도 수긍한 눈치였다.

요시노리는 의기소침해졌다.

"파혼을 하진 않겠지만 이대로 각자 집에서 지내자. 뭔가를 떠나보내지 않으면 새로운 걸 얻을 수 없는 법이야. 자기는 욕심이 많아."

요시노리는 사에코의 제안을 받아들여 별거를 승낙할

수밖에 없었다. 신혼집의 해약 비용 등은 그가 지불했다. 사에코는 요시노리의 부모님에게서 정중한 사과도 받았다. 결국 사에코가 원하던 대로 되었다.

"언제까지 이렇게 지내려나?"

요시노리가 툭 내뱉었다.

"그건 본인이 마음먹기에 달린 거지. 자기가 마음먹지 않는 한, 또 우리 월급이 오르지 않는 한, 계속 이대로일 거야."

사에코가 단호히 선고했다. 그러자 요시노리는 거의 울먹이며 말했다.

"안 되는데……."

이 사람은 나이가 들면 대체 어떻게 될까. 무슨 일이 있어도 이대로 수십 년간 컬렉션을 끼고 살 생각일까. 기대가 되는 것도 같고 안타까운 것도 같은 복잡한 심경으로 사에코는 작게 한숨을 내쉬었다.

남편의 방

남편이 입원을 하기로 했다. 남편이 몸 상태가 좋지 않아 병원에 갔더니, 의사가 입원해서 검사를 할지 아니면 그냥 통원하면서 경과를 볼지 고민하는 눈치라서 아이코가 즉시 부탁했다.

"입원하겠습니다."

　그때 남편은 늘 그렇듯 여자 간호사에게 집적대느라 의사와 아이코의 대화는 듣지 않고 있었다.

　이 남자는 주변에 여자가 있으면 말을 걸어야 직성이 풀리는 성격이었다.

"오늘 간호사복은 분홍색이네요. 잘 어울려요."

기껏해야 이런 별것 아닌 시답잖은 소리뿐이었다. 간호사들도 "아, 예" 하고 대충 넘기지만 남편은 자신을 상대해주기만 하면 좋은 모양이었다.

"입원해야 한대. 들었어?"

"뭐?"

아이코가 남편에게 말을 걸자 히죽거리던 얼굴이 진지한 얼굴로 바뀌더니 이쪽을 쳐다보았다.

"입원해서 검사받으시는 거예요. 별일 없으면 바로 퇴원하시면 돼요."

그렇게 말하는 의사 옆에서 아이코가 한마디 거들었다.

"이제 칠순이 코앞이잖아. 요즘 피곤하다고 했으니까 푹 쉰다고 생각해."

아이코는 남편이 피곤한 이유를 알고 있었다. 아침저녁으로 운동을 나가서 젊은 여자들과 같이 걸으려고 무리하기 때문이다.

어느 날 아침 아이코가 이층 창문을 내다보니, 남편이 집을 나서자마자 집 앞 산책로를 걸어가는 여성을 발견하고는 엄청난 속도로 따라잡아 닿을 듯 말 듯 거리를 유지하며 걷고 있었다. 무척 불쾌했을 그 여성에게 아이코는 깊이 사죄하면서 '무례한 짓을 하면 실컷 때리고 걷어차주시길' 하고 마음속으로 전했다.

그 사람들이 불편해하고 있으리라는 확신이 있었다. 남편 때문에 코스를 바꾸거나 운동을 그만둔 사람도 있을지 모른다고 생각하면 미안한 마음이 들었다.

남편과 맞선을 봤을 때는 이런 사람인 줄 몰랐다. 아이코는 전문대를 졸업하고 맞선을 세 번 봤다. 마지막으로 만난 사람이 다섯 살 위인 지금의 남편이다. 높은 연봉에 안정적인 직장인인 데다 성격이 밝은 점이 마음에 들어 결혼했다.

그런데 연애 때와 달리 남편은 결혼 후에 둘이 외출하거나 딸 나오미를 데리고 외출할 때면 주변 여자들에게 매번 말을 걸기 시작했다. 처음에는 누가 뭘 물어봤거나 무슨 용건이 있는 줄로만 알았다. 그런데 그게 아니라 그냥 근처에 있는 여자들에게 자꾸만 말을 거는 것이었다.

이를테면, 역 개찰구에 여자가 서 있으면 남편은 가족을 두고 잰걸음으로 다가가 말을 건넸다.

"무슨 일 있나요?"

대부분은 아니라고 대답한다. 그러면 남편은 "아, 그렇군요. 그럼 다행이에요"라고 미소 짓고는 손을 쳐들어 인사하고 돌아온다.

영문을 모르겠다는 표정을 짓는 여자에게 아이코가 "죄송합니다"라는 말 대신 거듭 고개를 숙이면 잘 이해되지 않는다는 듯 상대도 고개를 갸웃거리다가 숙이는 일이 몇 번이나 있었다.

더구나 그 역 주변을 자주 방문해서 익숙한 것도 아니고 자신도 처음 가봤으면서 말을 건네는 것이다.

"왜 그러는 거야?"

"그냥 곤란해 보여서."

"당신도 잘 모르면서 무슨 도움이 된다고."

"꼭 그렇지만도 않아."

"창피해. 말 좀 그만 걸어."

아이코가 화를 내자 남편은 입을 다물었다.

가족끼리 외식을 하기 위해 미리 위치를 알아둔, 절대 길을 헤맬 리가 없는 가게로 향하는 외길에서도 여자와 마주치면 꼭 "○○은 이 길로 가는 게 맞나요?"라고 몇 번이나 말을 건다.

그 여자가 친절하게 "맞아요"라고 대답해주면 남편은 환한 미소를 짓고는 "감사합니다. 정말 다행이네요"라고 밝게 말하며 손을 쳐든다. 아이코는 민망함 속에서 나오미의 손을 잡아끌고 몇 번이나 머리를 숙이며 남편의 뒤를 따라갈 수밖에 없었다.

나오미는 나이를 먹자 아버지의 그런 행동이 싫다면서 함께 외출하지 않으려 했다. 남편은 딸과 같이 다닐 때도 계속 여자들에게 말을 걸었다고 한다.

"진짜 창피해. 아무리 말해봤자 소용없어."

아이코는 딸의 말에 한숨을 내쉴 수밖에 없었다.

여성에게 다가가고 싶어 안달인 남편을 보고 있자니 아이코는 혹시 남편이 회사에서 못된 짓을 저지르는 것은 아닌가 하는 의문이 생겼다.

"혹시 남편이 무례하게 대하진 않나요?"

회사 운동회 때 같은 부서 여직원이 몇 명 모여 있어서 아이코가 물어본 적이 있었다.

"매일 말을 거는데 손을 대거나 하시진 않아요."

다들 웃으면서 부인해서 아이코는 그나마 안심했다.

중학교 입시 준비 중이던 나오미를 거의 매일 차로 등하교시키던 시기에 남편의 불륜 의혹이 일었다.

그때 아이코는 아무것도 눈치채지 못하고 있었다. 그런데 나오미가 집에 가는 길에 "그 사람, 요즘 좀 이상하지 않아?"라고 말을 꺼냈다. 나오미는 초등학교 저학년까지는 아빠라고 불렀지만 고학년이 되면서부터는 그 사람이라고 부르게 되었다.

"이상하다니 뭐가? 원래 좀 이상하잖아."

"그렇긴 한데, 여자랑 바람난 거 아니야?"

"뭐? 정말?"

아이코는 자칫 핸들을 놓칠 뻔했다.

"뭔가 수상해."

딸이 한 번 더 말하자 아이코는 속도를 줄이고 갓길에 차를 세웠다.

"뭐가?"

아이코는 조수석에 앉은 나오미를 쳐다보았다. 나오미는 학원에서 나눠준 모의고사 시험지를 들여다보며 말했다.

"몰래 휴대전화로 자주 통화하거든. '괜찮아, 괜찮아, 알리가 없어. 다음엔 언제 만날까?'라고 했어."

"정말?"

핸들을 잡은 손이 떨리기 시작했다.

"그런 사람인 거야. 여자만 보면 말부터 걸고. 정조가 없다고 해야 하나?"

초등학생 딸에게서 '정조'라는 말을 듣게 될 줄은 상상도 못 했다.

"나는 학원을 세 군데나 다니고 중학교도 국립이든 사립이든 원하는 곳에 가면 되고. 정말 운이 좋다고 생각해. 엄마는 아침 일찍 일어나서 도시락 준비에 오늘처럼 밤 10시 넘어서도 학원까지 나를 데리러 오느라 고생하잖아. 그 사람이 돈을 버는 건 알겠어. 하지만 여자랑 놀아나는 건 너무하지 않아?"

나오미는 아이코를 힐끗 쳐다봤다.

나오미의 외꺼풀 눈이 분노하고 있었다. 아이코 자신은 그렇다 치고 가뜩이나 입시 준비로 압박감을 느끼고 있을 딸에게 이런 마음고생을 시키는 남편을 용서할 수 없었다.

"딸, 미안해."

저도 모르게 핸들을 붙들고 울음을 터뜨린 아이코에게 나오미가 말했다.

"나는 괜찮아. 그럴 사람 같았으니까. 근데 엄마가 불쌍해."

아이코의 머릿속에는 남편을 주먹으로 두드려 패는 자

신의 모습이 그려졌다.

"너는 아무 걱정 말고 공부만 열심히 해. 엄마가 원하는 학교에 보내줄 테니까 걱정하지 마."

아이코가 단호하게 말하자 나오미는 짧은 머리칼을 흔들며 대답했다.

"알았어."

나오미는 고개를 끄덕인 뒤에 다시 시험지로 눈길을 떨어뜨렸다. 집으로 가는 동안 아이코는 속이 부글부글 끓어올라 '대체 어쩌면 좋지?'라는 생각만 들었다.

아이코는 남편에게 전혀 캐묻지 않고 모른 척했다. 나오미에게 중요한 시기였고 생활에도 아무런 문제가 없었기에 괜히 들쑤셔서 일을 크게 만들기보다는 그냥 모른 척하는 편이 나을 것 같았다.

정성껏 준비한 요리에 대고 남편이 "이건 좀 별로야"라고 하거나 간만에 밥을 차려놓고 기다렸더니 "먹고 왔어"라고 말할 때면 아이코는 모두 터뜨려버릴까 갈등하다가 목 끝까지 차오른 말을 그저 삼켜내곤 했다.

월요일 저녁, 집에서 밥을 먹는데 남편의 휴대전화로 전화가 왔다. 모녀는 무관심한 척하며 시선을 교환했다.

"예, 안녕하세요. 아이고, 그런 문제가요? 큰일이네요. 지금 바로?"

남편은 모녀에게 들리도록 일부러 크게 말하면서 다급히 자리에서 일어나 복도로 나갔다.

"여자 전화네."

나오미가 조용히 말했다. 아이코가 얼굴을 찌푸리긴 했지만 둘은 된장국 그릇을 손에 들고 모르는 체했다.

"아, 이거 큰일이네."

통화를 마친 남편이 돌아왔다.

"거래처에 무슨 문제가 있다네. 지금 바로 가봐야겠어."

"이 시간에? 7시 반이야. 집에 있는데 불러내는 건 너무하다."

남편의 거짓말에 넘어가주며 아이코가 대꾸했다.

"귀찮은 양반이야. 잠깐 얼굴 비추고 사과하고 올게."

옷을 갈아입기 위해 남편이 자리에서 일어났다. 나오미

가 물었다.

"그 회사, 어디 있어?"

딸과 아내가 가만히 지켜보자 남편은 시내에 있는 역 이름을 댔다.

"그렇구나. 무슨 회사야?"

나오미가 집요하게 물었다.

"어, 그게, 그…… '다카하시'야."

'다카하시야?'

아이코는 의심의 눈초리로 남편을 바라보았다. 나오미도 마찬가지였다. 두 사람의 쏟아지는 시선에 남편은 "아, 늦겠다. 그럼 다녀올게"라고 말하고는 넥타이를 매만지며 집을 나섰다.

"어이가 없네."

나오미가 경멸에 찬 목소리로 말했다.

"가족 앞에서 대놓고 저런 거짓말을……."

아이코도 씹고 있던 크로켓의 맛이 갑자기 느껴지지 않았다.

"상대가 다카하시란 사람인가?"

나오미는 불륜 상대에 관심이 있는 것 같았다.

"글쎄, 그냥 아무거나 말했을지도 몰라. 설마 상대 이름을 말하겠어? 다카하시면 흔한 성씨고."

"하긴 그렇다."

두 사람은 텔레비전을 켜고는 마침 방송 중이던 개그 프로그램을 시청하며 잔잔한 웃음 속에서 식사를 마쳤다.

그날 밤 남편이 돌아온 것은 11시를 조금 지난 시각이었다. 둘은 각자 자기 방에서 남편이 돌아온 소리를 듣고도 굳이 나가보지 않고 잠든 척을 했다.

다음 날 아침, 아이코가 평소처럼 나오미의 도시락을 싸고 있는데 남편이 일어났다.

"어제 골치 아팠지 뭐야. 사과하러 갔더니 바로 용서해주고는 한잔하러 가자는 거야⋯⋯."

남편은 파자마 차림으로 묻지도 않은 얘기를 주절주절 늘어놓기 시작했다. 아이코는 뒤에서 들려오는 목소리에 "아, 그래"라고 건성건성 대꾸하고 있었다.

그때 나오미가 부스스한 머리로 방에서 나왔다. 아무것도 모르는 남편이 "잘 잤어?"라고 말을 걸자 나오미는 조용히 그 옆을 지나가려다가 순간 얼굴을 찌푸렸다.

"윽, 향수 냄새."

"응?"

남편의 목소리와 동시에 아이코도 칼을 쥔 채 돌아섰다. 남편은 당황하며 자신의 팔과 몸 냄새를 맡고는 고개를 갸웃거렸다.

"응? 무슨 냄새가 난다고."

"아, 냄새! 향수 냄새!"

나오미는 멜로디를 붙여 흥얼거리며 욕실로 걸어갔다.

"응? 그래?"

남편은 다시 냄새를 맡은 뒤 물었다.

"냄새 나?"

"나는 것도 같고 안 나는 것도 같은데."

아이코는 대수롭지 않게 대답했다.

시간이 흘러 나오미는 1지망이던 중학교에 입학했고 아

이코도 그제야 한시름 놓았다.

그러나 남편의 불륜 의혹은 옅어지지 않았다. 아이코는 '반드시 꼬리를 잡겠다'며 단단히 벼르는 나오미가 영 걱정스러웠다. 아무런 행동을 하지 않는 엄마에게 나오미는 이렇게 말했다.

"엄마, 참아도 되는 일이 있고 안 되는 일이 있는 거야. 이제는 여자라고 가만히 있으면 안 돼. 싫으면 싫다고 확실히 말하지 않으면 세상은 바뀌지 않아."

아이코는 부모님의 권유로 맞선을 봐서 결혼했다. 특별히 계속 일하고 싶다는 생각도 없어서 으레 결혼하면 집안에서 가정을 꾸리는 것이 당연하다고 믿었다. 남편의 불륜 의혹에 대해서도 남편이 여자만 보면 말을 건네는 버릇은 있지만 선을 넘지는 않았을 거라고 생각했다. 그러나 현실은 달랐다.

몇 달이 지난 어느 날 저녁 나오미가 남편의 휴대전화를 들고 종종걸음으로 왔다.

"거봐, 내 말 맞지."

166

평소 남편은 휴대전화를 양복 주머니에 넣어두었다. 집에서 입는 옷으로 갈아입은 다음에도 바지 주머니에 휴대전화를 넣어두었다. 그래서 남편의 휴대전화를 만질 일은 없었다. 그런데 그날은 목욕하는 동안 깜빡한 건지 식탁 위에 휴대전화가 놓여 있었다고 한다.

나오미가 보여준 화면에 '루미'라는 이름이 적힌 문자가 표시돼 있었다.

— 또 언제 만날 수 있으려나. 항상 갖고 싶은 걸 사줘서 고
   마워요. 다음번엔 더 좋은 가방을 사달라고 할 거예요.
   잘 부탁해요.

"이 여우 같은 게……. 루미라는 여자였어."

"그런 말 쓰지 말고."

딸과 소곤대면서도 아이코의 시선은 그 문자에 고정돼 있었다. 남편이 루미에게 보낸 답장에는 '언제 봐도 예쁘고 귀여워', '새로 한 머리 잘 어울려', '루미랑 다니면 다들 뒤

돌아보니까 으쓱해져' 등의 내용이 줄줄이 나열돼 있었다.

"우왝."

첫 줄을 읽은 나오미는 징그럽다는 듯 소리를 질렀다. 그리고 문자를 다 읽은 뒤에는 이상한 신음 소리만 내고 있었다.

"정말 놀랍다."

아이코는 한숨을 내쉬었다.

"드디어 꼬리를 잡았어."

나오미는 의기양양했다.

"비밀번호는 어떻게 알아냈어?"

"생년월일. 그 머리로 뭐 어렵게 설정했겠어?"

나오미는 또 의기양양한 얼굴을 했다. 루미라는 여자의 존재는 알아냈지만 어떻게 처리할지는 앞으로 고민할 숙제였다.

"아, 골탕 먹이고 싶다."

나오미는 오른손에 휴대전화를 들고서 왼손으로 주먹을 불끈 쥐었다.

어렴풋이 짐작은 했지만 '루미'라는 존재를 알게 된 순간 아이코는 머릿속이 혼란스러워졌다. 물론 화는 났지만 그것보다는 딸 나오미에게 미안한 마음이 더 컸다. 그런데 딸은 화를 내긴 해도 속상해하지 않고 오히려 즐기는 것 같았다. 그것이 아이코에게 위안이 되었다.

"너는 어떻게 하면 좋겠어?"

"어떤 사람인지 궁금하긴 한데 별 상관없어. 그 사람이 정신 차린다고 해봤자 그냥 엄마가 귀찮아질 뿐이잖아? 차라리 돈만 받으면서 그냥 놔두는 게 나을지도 몰라."

중학생한테 이런 식으로 설득당할 줄은 상상도 못 했다. 아이코는 고개를 끄덕이며 말했다.

"맞아. 갑자기 집에서 거치적대도 귀찮을 거야."

그러자 나오미는 남편의 휴대전화로 문자를 작성하기 시작했다. 아이코가 놀라는 사이에 '당신과는 한동안 만날 수 없어'라는 문자를 보내고 말았다.

"됐다. 재미있어지겠네."

그렇게 말하며 나오미는 휴대전화를 원래 자리에 되돌

려놓고 손을 꼼꼼하게 씻은 다음 방으로 돌아갔다.

'어쩌지…….'

그전까지 평범했던 남편의 휴대전화가 지금은 식탁 위에서 이상한 존재감을 발산하고 있었다.

둘이 문자를 본 것을 들키면 큰일이었다. 아이코는 나오미가 보낸 문자를 삭제하고는 안 해도 되는 싱크대 청소를 시작했다.

목욕을 마치고 나온 남편은 식탁 위의 휴대전화를 보고 순간 당황한 표정을 지었지만 곧바로 자신의 주머니에 쑤셔 넣었다.

그날 이후 남편은 가족의 손길이 닿는 곳에 휴대전화를 두지 않았다. 그 여자와 어떤 문자를 주고받았는지도 알 수 없게 되었다.

원래부터 아빠를 우습게 보던 나오미는 처음에는 불륜 문제에 관심을 가졌지만 나이를 먹어가는 동안 아예 관심이 없어졌는지 아빠와 엮이기를 피하기만 했다.

나오미가 고등학생이 되고 나서 남편은 오랜만에 가족

끼리 놀러 가자고 했다. 하지만 나오미는 단칼에 "안 가"라며 거절했다.

"모처럼 가자는데 태도가 그게 뭐야?"

남편이 화를 내자 나오미는 "가슴에 손을 얹고 생각해 봐"라는 말만 남긴 채 자기 방으로 들어가버렸다. 그 말에 남편이 어떻게 나올지 아이코는 궁금했다.

하지만 남편은 그저 가만히 서 있기만 했다. 아무 일도 없다면 "무슨 말이야?"라고 반문하겠지만 아무 말이 없는 것을 보면 여전히 관계가 지속되고 있는 모양이었다.

나오미는 대학에서 법학을 전공하고 대학원 수료 후에 변호사 사무실에 취직했다. 그때 남편은 환한 미소를 띠며 "그동안 수고했으니 두 사람에게 주는 선물이야"라며 명품 가방을 건넸다. 그 앞에서 아이코와 함께 고맙다며 좋아하는 척하던 나오미가 귓속말로 속삭였다.

"이거 루미가 안 쓰는 가방 처리하는 거 아냐?"

"그럴 수도 있지. 근데 아닐지도 몰라."

아이코가 남편을 옹호하려던 것은 아니었다. 그냥 솔직

하게 자기 생각을 말한 것뿐이었다.

"어느 쪽이든 문제야."

나오미는 여전히 질색했다. 고작 가방 두 개로 모녀에 대한 지금까지의 배신행위를 청산할 셈이라면 말도 안 되는 거라고 분노했다. 그러고는 바로 중고 거래 사이트에 가방을 팔아버린 모양이었다.

취직한 나오미는 독립했다. 그와 동시에 남편의 귀가 시간이 빨라졌다. 아이코가 그걸 지적하자 남편은 "나이가 들었으니까 이제 한직으로 밀려나는 거지"라고 말했다.

하루는 아이코가 저녁 준비를 하다가 깜빡한 게 있어 급히 외출하려 하자 남편이 "아냐, 내가 갈게"라며 집을 나섰다. '또 슈퍼에 있는 여자들한테 신나게 말을 걸겠지'라는 생각에 아이코는 민망할 따름이었다.

예순에 정년퇴직한 남편은 계속 집에만 있게 되었다. 건강을 위해서라기보다는 여자와 대화하기 위해 걷기 운동은 꾸준히 했다. 하지만 걷기 동호회는 동년배만 있고 젊은 여자가 없었는지 금방 그만두었다.

　이웃 사람이 권한 그라운드 골프(골프와 게이트볼을 합한 운동—옮긴이)도 동년배만 나온다는 것을 알고는 바로 거절한 모양이었다. 뭐든 자신보다 어린 여자가 없으면 의욕이 나지 않는 체질인 것이다.

　집에는 매일 같은 얼굴인 아내만 있으니 지루한 것은 알겠지만 그래도 남편이 여자랑 대화하려고 여기저기 걸어다니거나 외출하는 것은 정말 지긋지긋했다. 오늘은 어떤 사람에게 말을 걸어 그 사람을 질색하게 만들지 상상하면 아이코의 몸이 움츠러들었다.

　무엇보다 아이코는 남들이 싫어한다는 자각이 없는 남편에게 화가 났다. 그렇다고 남편이 집에 있어도 답답했다. 아이코는 남편의 존재가 답답해서 견디기 힘들어졌다.

　나오미는 사법시험에 합격했을 때 이렇게 말했다.

　"난 엄마를 비롯한 참고 사는 여성들이 원만하게 이혼할 방법을 고민하다가 법학에 관심을 가지게 됐어."

　그 말에 아이코는 '부모가 되어서 딸에게 마음고생을 시켰구나'라고 진심으로 미안함을 느꼈다.

모른 척하는 것이 최선의 방법이었을까. 딸이 적극적으로 아버지의 불륜 문제를 파고들며 재미있는 척했던 것도 엄마의 심정을 헤아렸던 게 아닐까. 아이코는 뭐라 표현하기 힘든 기분이 들었다. 그와 동시에 남편을 향한 분노가 다시 끓어오르기 시작했다.

"엄마는 그 사람이 생계를 책임진다고 뭐든 용서할 거야?"

딸의 질문은 아무런 생각도 하지 않았던 아이코에게 가혹했다. 남편의 행적뿐만 아니라 자기 삶의 방식까지 파고들었기 때문이다.

"앞으로 늙어서 병간호가 필요해지면 어떻게 할래? 남편의 외도를 쭉 묵인하고 남편 기저귀를 갈아주다가 인생이 끝나도 괜찮아? 이러다 진짜 그렇게 될 거야."

나오미의 말에 아이코는 흠칫했다.

'정말 나는 그동안 무엇을 했나.'

아이코는 남편과 딸을 뒷바라지하면서 그게 자신을 위

한 일이라고 생각했다. 하지만 자발적으로 삶의 즐거움을 찾으려고 노력한 적은 없었다. 학창 시절 친구들은 함께 여행을 다니기도 했지만 아이코는 끝없는 집안일 속에서 나만 즐긴다는 죄책감에 친구들의 제안을 거절하곤 했다. 그러자 이제는 아무도 여행을 가자고 하지 않았다.

"그런 인생은 싫어."

작은 목소리로 아이코가 중얼거렸다.

"그렇지? 뭘 위해 사는지 모르겠잖아. 아내로서 자존심을 구겼으니까 더 화내도 됐을 텐데."

진지한 얼굴로 말하는 나오미를 마주하자 아이코는 마음속에 담아둔 분노가 다시 끓어오르기 시작했다.

한번은 상상으로나마 남편을 두드려 팬 적도 있었다.

"그렇지."

"그렇다니까."

모녀는 서로의 눈을 보며 고개를 끄덕였다.

그리고 남편이 입원하게 된 것이다. 소식을 들은 나오미는 엄청난 기회라며 기뻐했다.

"복수할 기회야. 지난 세월의 한을 풀자, 엄마."

나오미는 그렇게 말하며 아이코를 부추겼다.

"전부 파헤쳐서 눈앞에 딱 들이밀고 끝장을 내는 거야. 그 사람 방에도 거의 안 들어갔었지?"

"보통 열쇠로 잠그고 회사에 가니까 못 들어갔어. 청소도 직접 다 했고."

"불륜 증거가 있겠지. 집에 없는 동안 샅샅이 파헤쳐주겠어."

나오미는 신난다는 듯이 웃었다. 정의의 수호자가 된 딸은 태도가 애매한 엄마가 얼마나 답답했을까. 아이코는 자신의 잘못을 뉘우쳤다.

입원하느라 정신이 없었는지, 남편의 방 열쇠는 벗어놓은 바지 주머니에 들어 있었다.

"허술하다니까."

입원 당일 나오미는 퇴근길에 집에 들러 잠겨 있던 방문을 열쇠로 열었다. 아이코가 문을 열기를 주저했기 때문이다.

"내가 할게. 그런 걸로 머뭇거리면 앞으로 힘들 텐데."

"그렇지."

"두 손으로 잡은 다음 힘을 꽉 줘. 엄마 잘못은 하나도 없으니까, 자신감을 가지란 말이야."

"그렇지."

아이코는 자기도 모르게 '그렇지'만 반복하고 있었다.

두 사람은 문을 밀고 들어갔다. 네 평 남짓한 남편의 방은 의외로 잘 정돈되어 있었다.

남쪽에 허리 높이의 창문이 있고 한쪽 벽에 선반과 수납장, 책상이 놓여 있었다. 선반 한가운데에 텔레비전이 들어가 있고 문 옆에는 옷걸이가 놓여 있었다. 회사에 다닐 때는 아이코 방 옆에 있는 두 평짜리 방에 옷장과 옷걸이를 두고 두 사람의 옷과 계절이 지난 침구류 등을 정리해두었는데, 퇴직한 뒤로 평상복은 자기 방에 보관하게 되었다.

"절대로 우리한테 들키면 안 되는 게 있을 거야."

먹잇감을 노리는 듯한 얼굴로 나오미는 선반에 꽂힌 책

에 손을 가져갔다. 선반에는 비즈니스 서적, 자기계발서, 업무에 필요한 전문 서적이 놓여 있었다.

"진짜 읽은 거 맞아? 뭐가 많긴 한데."

나오미는 책을 한꺼번에 두세 권씩 꺼내서 살펴본 다음에 다시 꽂아놓았다. 아이코는 그 모습을 뒤에서 가만히 바라보았다.

"여기 말고 책상에 있을 거야."

나오미는 가로로 긴 책상 서랍에 손을 뻗었다. 그 안에는 여권, 인감, 통장, 졸업한 대학에서 보내온 서류, 연금 통지서 등이 잘 정리되어 있었다.

"으음."

그다지 눈길을 끄는 물건이 나오지 않자 나오미는 네 칸짜리 서랍의 맨 아래 칸을 불만스럽게 열어보았다.

"이런 데 가장 감추고 싶은 걸 넣어두는 법이거든."

아이코가 나오미의 어깨 너머를 들여다보았다. 사무용 서류 파일이 몇 개 들어 있었다.

"거봐, 내 말 맞지."

나오미는 그중 한 권을 집어 들어 아이코에게 건넸다. 파일을 받아든 아이코는 한 장 한 장 넘기기 시작했다. 앞쪽은 보고서나 출장 관련 메모였다. 그러다 아이코는 "앗" 하고 목소리를 높였다.

"왜 그래?"

나오미는 아이코가 가리킨 곳을 들여다보았다. 거기에는 아타미의 한 모텔 앞에서 실실 웃으며 팔짱을 끼고 손가락으로 브이자를 그린 남편과 어떤 여자의 사진이 꽂혀 있었다.

"그 사람, 아타미에 출장 간 적 있었지?"

"응, 있었어."

"출장 아니고 이 여자랑 간 거 아냐? 뭐야, 이 브이 표시는. 완전 촌스러워."

나오미는 머리를 절레절레 흔들었다. 아이코는 잽싸게 앞치마 주머니에서 돋보기를 꺼냈다.

"이런 스타일을 좋아했구나."

아이코는 머리에 과하게 웨이브가 들어간 여자의 얼굴

을 지그시 쳐다보았다. 여자는 해맑은 얼굴로 미소 짓고 있었다.

"이 사람이 루미인가?"

아이코는 나오미가 손끝으로 가리킨 사진에 얼굴을 더 가까이 댔다.

이목구비가 뚜렷한 얼굴에 풍성한 웨이브가 들어간 헤어스타일이 잘 어울렸다. 컬러사진의 색이 바랬는데도 그녀가 입은 주황색 미니 원피스가 눈에 띄었다. 흰색 와이셔츠에 남색 바지 차림인 남편과는 대조적이었다.

나오미는 파일에서 사진을 빼내어 뒷면을 확인했다.

"이름은 안 적혀 있네. 누가 봐도 수상한 사이 아니야?"

나오미는 이렇게 말하고 얼굴을 찌푸렸다.

"이 둘이 다니면 그렇게 보이지. 출장이라고 했으니까 난 그렇게만 알고 준비했거든. 갈아입을 와이셔츠랑 양말 정도만 챙겨주었지."

아이코의 말에 나오미는 미간을 좁히며 언성을 높였다.

"그런 것까지 했어?"

"출장 준비는 계속 내가 했는데."

"그러니까 우습게 보는 거야, 그 자식이!"

나오미가 화를 냈다. 출장 준비 정도는 본인이 알아서 해야 했다는 것이었다. 계속 습관처럼 출장 준비를 해주었기에 아이코는 당연히 아내의 의무라고만 생각했다. 그것이 문제라고 생각한 적은 없었다. 하지만 솔직히 이야기하면 나오미의 화를 돋울 것 같아 우물쭈물 입을 다물었다.

"아내한테 거짓말로 출장 준비를 시켜놓고 애인이랑 여행이라니, 참 뻔뻔하다. 그런 사람 딸이라는 게 너무 창피해."

나오미의 분노는 사그라지지 않았다.

"그런 말 하지 마. 아빠한테도 좋은 점이 있잖아."

아이코는 남편을 옹호했다.

"잔소리 안 해서 뭐든 내 맘대로 살았으니까, 고맙긴 해. 근데 가족을 배신하면 안 되지. 엄마도 더 화내란 말이야. 전에 남편이 바람피운 사람들을 몇 번 담당했거든. 좀 더 세게 나가도 되는데, 금전적으로 생계를 위협받지 않으면 괜찮다면서 넘어가려고 하더라고. 그런 식으로 행동하니까 못된 놈들이 우습게 보는 거란 말이야!"

아이코는 몸을 움츠리고서 일장 연설을 들었다. 불륜 사실을 처음 알았을 때 화는 났지만 그쯤이야 괜찮지 하는 생각이 들었던 것도 사실이다. 나오미의 말을 듣고 있자니 자기 생각이 정말 짧았다고 뉘우치게 되었다.

하지만 아이코는 이 사진을 보고도 나오미처럼 바로 화가 나진 않았다. 딸이 직업 탓인지 정의감이 투철해진 것은 자랑스러웠지만 이제 와서 남편을 탓하며 따지고 싶은 마음은 들지 않았다. 그러나 무슨 짓을 했는지 진실은 알고 싶었다.

"이 한 장만 있는 게 아닐 거야. 분명히 더 있어."

나오미는 다른 파일을 꺼내 두 배는 빠른 속도로 넘기기 시작했다.

"거봐, 또 나왔지."

나오미는 파일에서 사진을 휙 꺼내 책상 위에 던졌다. 새로운 파일을 펼칠 때마다 사진이 몇 장씩 나오자 질색하며 계속 손을 움직였다.

"도대체 얼마나 있는 거야!"

손끝이 건조한 아이코는 파일을 잘 넘기지 못했다. 그래서 파일을 뒤지는 것은 딸에게 맡기고 책상 위에 차례로 내던져진 사진들을 확인하기 시작했다. 주황색 미니 원피스를 입었던 여자 사진은 열댓 장뿐이고 나머지는 다른 사람의 사진이었다.

"이거 봐, 다른 사람이야."

"뭐? 한 명이 아니야? 잠깐만, 이 파일만 보면 끝나."

나오미는 마지막 사진을 아이코에게 건넸다.

모녀가 함께 사진을 확인해본 결과, 주황색 미니 원피스 외에 두 명, 총 세 명의 사진이 50장이나 있었다. 관광지에서 찍은 것, 실내에서 유카타(목욕 후에나 각종 축제에서 주로 입는 일본 전통 의상—옮긴이) 차림으로 찍은 것, 알몸으로 찍은 것도 있었다.

"으으으."

나오미는 정체 모를 소리를 냈고 아이코는 할 말을 잃

었다.

모두 특별히 눈길을 끄는 외모는 아니었다. 하지만 성격이 쾌활해 보이고, 아이코보다 좋은 체격에 가슴과 엉덩이가 컸다.

"이걸 들이밀면서 추궁하는 거야."

의욕이 넘치는 나오미에게 아이코는 별로 그러고 싶지 않다고 했다.

남편은 일흔에 가까운 나이였다. 불륜이 현재 진행형인 것도 아니었다. 여자만 보면 말을 거는 버릇은 고쳤으면 하지만.

아이코는 솔직하게 말했다.

"알았어. 더는 그러지 못하게 만들어줘야지. 아무튼 다 밝혀내는 거야."

나오미는 어깨를 빙빙 돌리고서 선반의 책들을 꺼내 바닥에 내려놓기 시작했다. 아이코는 바닥에 널린 책과 잡지를 구석에 옮겨두는 역할이었다.

"그냥 옮기지만 말고 펼쳐서 안에 뭐가 있는지 살펴봐."

아이코는 "네"라고 대답하고는 나오미가 시키는 대로 책과 잡지를 훑어보았다.

열 권 정도 훑어본 끝에 전문 서적과 업계 잡지 두 권에서 '루미'라고 적힌 두 통의 편지봉투가 나왔다.

"앗."

"왜? 나왔어?"

나오미가 잽싸게 의자에서 내려와 아이코의 손끝을 들여다보았다. 아이코는 조용히 편지봉투를 내밀었다.

"루미가 보낸 거구나."

그렇게 말하며 나오미는 봉투 안을 살펴보았다.

지난번에 멋진 목걸이를 선물해줘서 고마워요.

다음에 만날 때 하고 갈게요.

사랑해요. 루미.

나오미는 편지를 읽어 내려가다가 흥 하고 코웃음을 치고는 "입술 도장도 있어"라며 편지지를 아이코에게 보여주었다. 립스틱의 유분기가 번진 새빨간 입술 자국이었다.

다른 편지의 내용은 "예쁜 귀고리, 고마워요"였고 입술 색상은 분홍색이었다.

"이 사람들 중에 누구지?"

아이코는 사진을 다시 살펴보다가 알몸 사진이 나오자 화들짝 놀라서 바닥에 엎어놓았다.

"루미가 누구든 됐어. 증거란 증거는 다 찾아내야지."

나오미는 더욱 열을 내서 선반에 있는 책들을 모두 바닥에 꺼내놓았다. 그리고 주저앉아 아래 수납장을 열었다.

"앗."

나오미는 문을 열자마자 목소리를 높였다.

"왜 그래?"

아이코가 들여다보려고 하자 나오미가 말렸다.

"충격이 클 수도 있어."

"또 알몸?"

"응. 그것도 움직이는 거야."

나오미는 "이거면 괜찮겠지"라고 혼잣말을 하고는 DVD

하나를 아이코에게 보여주었다.

'온천탕 수증기'와 '숙녀'라는 글자가 눈에 들어왔다. 전라의 여성이 한쪽 무릎을 꿇고 통에 담긴 물을 몸에 끼얹는 사진이 실려 있었다.

"판매되는 사진이니까 이건 잘못은 아니지. 음, 그게 제일 평범한 느낌이고 다른 것도 많아."

나오미는 다른 DVD를 꺼내 케이스의 제목이 아이코에게 안 보이도록 쌓기 시작했다. 아이코도 뭐가 있는지 적극적으로 제목을 보기는 꺼려졌다. 힐끗힐끗 보이는 '변태', '은밀', '풍만', '가슴', '절정'이라는 글자에 역시 모르는 게 낫다고 판단했다.

"아직 더 있어."

나오미가 손을 뻗어 안쪽에서 꺼낸 것은 소형 비디오카메라로 촬영한 대량의 비디오테이프였다.

"아, 오랜만에 보네."

아이코는 이런 상황과는 상관없이 솔직한 소감을 내뱉었다. 나오미도 또렷이 기억하고 있었다. 아빠가 이 카메라로 운동회를 촬영하고는 했다. 가족 여행을 갔을 때도 항상 이 카메라를 챙겨 가서 풍경이나 자신들의 모습을 찍었다.

"이걸 샀을 때는 작은 크기의 카메라가 별로 없어서 사람들이 빤히 쳐다보는 게 창피했어. 자기도 찍히려는 사람도 있었지."

추억에 잠긴 엄마를 곁눈질한 나오미는 아무런 대꾸도 없이 한숨을 작게 내쉬고는 손 글씨로 적힌 비디오테이프의 제목을 확인했다.

'유치원 재롱 잔치'는 두 개, '초등학교 운동회'는 여섯 개였다. 중학교 때 비디오테이프는 두 개였다. '교토', '홋카이도', '오키나와', '태국', '호주'처럼 가족 여행지가 적힌 비디오테이프도 한두 개씩 있었다. 문제는 아무것도 안 적힌 테이프였다.

남이 봐도 괜찮은 건 내용을 적었지만 그렇지 않은 건 아무것도 안 적은 것이 분명했다.

나오미는 비디오테이프의 상태를 보고 새 제품이 아니라 분명히 사용되었을 거라고 판단했다. 무엇을 녹화했는지 알 수 없는 정체 불명의 테이프가 30개나 되었다. 여자들의 나체 사진을 찍었을 정도이니 이 안에도 비슷한 영상이 남겨진 게 아닐까.

"비디오카메라 어디 있는지 알아?"

나오미는 느긋하게 추억에 잠긴 엄마에게 조용히 물어보았다.

"모르겠네. 아무 데도 없었던 것 같은데. 벽장을 청소했을 때도 안 보였어."

나오미는 이미 본체가 망가져서 버렸거나 누군가한테 주었을지도 모른다고 추측했다. 그렇다면 어째서 볼 수도 없는 비디오테이프를 남겨두었을까? 나오미는 고개를 갸웃거렸다.

"여기 어릴 적 네 모습이 남아 있어서 버릴 수 없었던 게 아닐까?"

아이코가 또 태평한 소리를 하자 나오미는 화를 냈다.

"그러면 그것만 남겨놓으면 되잖아. 뭔지 모를 수상한 테이프가 몇 배나 더 있어. 내 어린 시절이랑 불륜 상대가 같은 추억으로 취급되는 건 용서 못 해."

아이코가 기겁하는 표정을 짓자 나오미는 말없이 택배 상자를 들고 와서 DVD와 내용 불명의 테이프를 죄다 던져 넣었다.

집에 재생할 기기가 없는데도 시판되는 에로 비디오테이프가 20개 이상 나왔다. 간호사, 미망인, 에어로빅 강사가 나오는 비디오테이프였는데 각각의 개수는 거의 비슷했다.

그밖에도 DVD와 마찬가지로 아무것도 안 적힌 비디오테이프가 20개 넘게 있었다.

"뭐가 이렇게 많대. 지금은 다 못 보는 거 아니니?"

아이코가 놀라자 나오미가 퉁명스레 대답했다.

"집착을 가지고 있는 거겠지, 이런 데."

"한심하다."

아이코도 이쯤 되니 한숨이 나왔다.

"이런 걸 볼 수도 있어. 그건 괜찮아. 가족을 속이면서 수십 년 동안 뻔뻔하게 굴었던 게 용서가 안 돼."

정의의 수호자가 열변을 토했다.

"맞는 말씀이에요."

아이코는 어느새 존댓말을 하고 있었다.

"더구나 일하면서 경험한 바에 따르면 이런 테이프는 시중에서 판매할 수 없는 그런 내용이 대부분이야."

탐정 같은 말투로 나오미가 말하자 아이코는 고개를 끄덕였다.

"그런가요?"

"그런 걸 애지중지 간직하다니 미쳤어. 왜 바로 안 버렸지?"

여전히 분노가 가라앉지 않은 나오미에게 아이코가 말했다.

"아 참, 쓰레기봉투가 반투명한 걸로 바뀌었잖아. 그래서 못 버린 게 아닐까?"

나오미는 그저 태평하기만 한 엄마에게 쓰레기봉투가 검은색이든 반투명이든 상관없는 문제라고 쏘아붙였다.

"버리려고 하면 무슨 수를 쓰든 버릴 수 있어. 그럴 생각이 애초에 없으니까 볼 수도 없는 테이프를 떠안고 있었겠지. 거기다 애인들 사진이랑 편지까지 말이야. 가정이 있는 사람이 도대체 무슨 생각인 건지."

방문을 연 순간부터 열을 내고 있는 나오미를 보면서 아이코는 난처하게 됐다는 생각에 고개를 떨구었다.

아이코에게도 충격이라면 충격이었지만 내심 '어쩔 수 없다'는 생각이었다. 아내로서 자존심도 없느냐고? 지금껏 그런 것은 없었을지도 모른다.

하지만 아무리 아이코라도 걸어 다니는 여자들을 따라 다니는 것만은 용서할 수 없었다. 애인은 서로 동의한 사이라지만 운동하러 나온 여자들의 경우 남편은 상대의 동의도 얻지 않고 그저 자신의 에로틱한 감정을 일방적으로 강요하고 있을 뿐이었다. 상대는 분명 싫을 것이다.

"루미랑 다른 여자들은 그렇다 쳐도 운동 나가서나 간호사들한테 별것 아닌 일로 자꾸 말을 거는 게 정말 싫어."

아이코가 어깨를 떨구었다. 나오미는 넌더리가 난다는 듯 말했다.

"원래 간호사를 좋아하나 봐."

"간호사들이 그냥 넘어가 주긴 하는데, 간호사실에 소문 다 났을 거야. 민망하게, 정말."

아이코는 두 손으로 얼굴을 감쌌다. 하지만 눈물은 나오지 않았다.

나오미는 아버지를 향한 복수심에 불타고 있었다. 그걸 보며 아이코는 딸이 천직을 찾았다고 확신했다. 이만큼 열의가 있다면 고민거리를 떠안고 쩔쩔매는 사람들이 찾아와도 자기 일처럼 생각하고 싸워줄 것이 틀림없었다. 참 든든한 일이었다.

하지만 지금은 싸움의 상대가 그녀의 아버지이자 자신의 남편이라는 것이 문제였다. 아이코의 마음은 복잡하기만 했다.

나오미는 수상한 테이프 등을 전부 상자에 담았다. 처음에 아이코는 왜 그렇게 큰 상자를 가져왔는지 의아했었다. 그런데 놀랍게도 그 안에 모든 물건이 딱 맞게 들어갔다.

"선반이랑 수납장은 다 치웠고. 이제 여기 남은 책들을 확인해봐야지.”

그렇게 말한 나오미는 바닥에 쌓아둔 책들을 가리키며 철퍼덕 앉았다.

블랙홀에 관한 책, 선박의 역사, 일본의 역사 등 하나같이 꽤 오래전에 출간된 책인 듯 색이 바랬다. 아이코도 나오미의 맞은편에 앉아 책들을 한 권씩 펼쳐 보았다. 중간중간에 종잇장이 있기에 화들짝 놀랐는데 거래처 전화번호나 라면집 이름, 주소 같은 것이었다.

아무것도 나오지 않아야 좋은 일인데도 두 사람은 왠지 따분해지기 시작했다.

침묵 속에서 페이지를 넘기는 소리만 들렸다.

“엇.”

나오미가 쪽지를 하나 집어 들었다.

“응? 뭐야?”

아이코는 저도 모르게 들고 있던 시대소설 단행본을 떨어뜨렸다.

“뭐야? 또 이상한 게 나왔어?”

나오미는 자신이 읽은 쪽지를 아이코에게 내보였다.

"시게코."

"시게코? 루미가 아니라?"

나오미가 내민 쪽지 맨 아래에 '시게코'라는 서명이 볼펜으로 쓰여 있고 옆에는 작고 빨간 하트 스티커가 붙어 있었다.

"시게코같이 생긴 사람이 있었나?"

모녀는 파일에서 찾아낸 사진을 다시 꺼내 들어 누가 시게코일지 추리해보았다.

아이코는 세 사람 중에 가장 나이가 많아 보이는, 큰 꽃무늬 원피스 차림에 벗은 몸의 뱃살이 올록볼록했던 여성이 시게코일 거라고 상상했다.

그런데 나오미는 냉정하게 말했다.

"아냐, 새로운 다섯 번째 사람일지도 모르지."

"더 있다고?"

아이코는 쪽지에 시선을 떨어뜨렸다. 거기에는 '가게에 와줘서 고마워요. 손님 중에 친절한 사람은 당신뿐이라서

남편의 방 195

당신이 오면 마음이 편해요. 요즘 끈질긴 손님 때문에 난처하니까 매일 와주면 좋겠어요'라는 내용이 적혀 있었다.

"훌륭한 영업 기술이네."

나오미가 말했다.

"어머, 그런 거야?"

"뻔해. 이런 말에 흐뭇해서 가게를 찾았겠지, 뭐. 깊은 사이가 됐는지는 이 쪽지만으로는 모르지만. 가게에서만 만나던 사이라면 상관없어. 문제는 사진이랑 영상에 찍힌 사람들이야. 비디오테이프는 이제 확인을 못 하는데, 시게코가 거기 찍혔을 가능성도 있잖아."

"이제 됐어."

아이코는 진심으로 자신이 한심해지기 시작했다. 파헤치면 파헤칠수록 더 많은 게 나올 것만 같아 울적해졌다.

나오미는 《일본의 역사》라는 책 중간쯤에 끼워져 있던 그 쪽지를 책상 위에 올려놓았다. 리튼 조사단(만주사변의 원인을 조사하기 위해 국제연맹이 영국의 리튼을 위원장으로 파견한 조사위원회—옮긴이)이 설명된 페이지에서는 '조만간 와카미즈에서 봐요, 치에♡'라고 적힌 메모가 나왔다.

치에라는 사람은 필체가 예뻤다. '와카미즈'가 어떤 곳인지는 모르겠지만 만날 약속을 잡았다는 것만은 알 수 있었다. 루미와도 시게코와도 다른 필체였다.

"잡았어, 여섯 번째."

"아냐, 사진에 있는 사람일 수도 있잖아. 자꾸 사람 수 늘리지 마."

아이코는 그렇게 말하면서 자신이 남편의 편인지 딸의 편인지 헷갈렸다.

블랙홀 관련 책에서는 '그날 밤의 추억'이 쓰인 편지지 두 장이 나왔다. 마찬가지로 예쁜 필체의 메모와 동일한 치에라는 서명이 있었다.

두 사람이 책을 모조리 살펴본 결과, 남편이 최소 세 명 혹은 최대 여섯 명의 여성과 연관이 있다는 증거가 나왔다.

"사진에 있는 게 루미, 시게코, 치에라면 세 명의 이름이 밝혀진 건데."

나오미는 수북한 그녀들의 메모와 편지지, 사진을 가만

히 응시했다.

"그냥 이 세 명으로 끝이었으면 좋겠어."

아이코는 주황색 원피스는 루미, 올록볼록한 배는 시게코, 가장 풍만한 사람은 치에라고 혼자 정해두었다. 사진 속의 세 명과 편지 속의 세 명이 서로 다른 사람들이어서 모두 여섯 명이나 되는 여자와 남편이 바람을 피웠다면 보통 큰일이 아니었다.

"세 명이라고 괜찮은 게 아니지. 이건 명백히 아내와 딸에 대한 배신행위니까 사죄를 요구하고 싶어."

"이제 와서 사과하면 뭐 해."

아이코가 작은 목소리로 말했다.

"이혼하는 방법도 있어. 최대한 위자료를 많이 받아내고 엄마 노후는 내가 돌볼게. 걱정하지 마."

"말이라도 고마워."

아이코는 그만 고개를 푹 숙였다.

"앞으로 이런 남자랑 같이 살 수 있겠어? 죽을 때까지 돌봐줄 수 있겠어? 정말로?"

솔직히 그건 싫었다. 아이코는 딸이 이렇게까지 말해주니 한번 고민해봐도 괜찮겠다는 생각이 들었다.

"퇴원하면 내가 싹 털어줄게. 걱정 마. 아주 탈탈 털어야지."

나오미는 단호하게 말했다. 아이코는 순순히 딸의 말을 들을 수밖에 없었다.

남편은 예정보다 일찍 퇴원했다. 집에서 한바탕 소란이 벌어진 것을 모르는 남편은 퇴원할 때 간호사들에게 말을 걸었다.

"고마워요. 다들 미인이라 눈이 즐거웠어요."

간호사들은 쓴웃음을 지으며 "몸조리 잘하세요"라고 친절히 말했다. 아이코는 미안함과 한심함에 몇 번이나 고개를 숙여야 했다.

집에 돌아온 남편은 "아, 역시 집이 최고네"라며 평소처럼 식탁 의자에 앉아 기지개를 켰다.

"검사도 싹 받았으니 마음 놓아도 되겠어."

아무것도 모르는 남편은 평소와 같았지만 비밀을 알아버린 아이코는 입원 전처럼 남편을 대할 수 없었다.

"이따가 나오미가 오기로 했어."

"아아, 그래?"

아무것도 모르는 남편은 딸의 방문에 기뻐했다.

아이코는 남편에게 커피를 내주는 것도 못마땅했다. 하지만 그저 참을 뿐이었다.

30분쯤 흘렀을까. 나오미가 도착했다.

"아빠, 퇴원했다. 아주 쌩쌩해!"

남편이 보디빌더 같은 포즈를 취했지만 나오미는 그냥 무시해버렸다. 그래도 남편은 웃었다.

'그렇게 웃는 것도 지금뿐이야.'

아이코는 딸이 증거를 눈앞에 늘어놓았을 때 남편이 어떤 표정을 지을지 기대되었다.

이윽고 나오미가 수상한 짐이 가득 담긴 택배 상자를 안고 왔다.

"뭐야, 퇴원 축하 선물이야?"

"그런 셈이지."

나오미가 눈앞에 떡하니 내려놓은 상자를 보고 그는 화들짝 놀란 얼굴이 되었다. 맨 위에 '온천탕 수증기', '숙녀', '간호사'가 가지런히 놓여 있었다.

"뭐야, 이건?"

"집에 없는 동안 방을 정리했어."

"왜 멋대로 그런 짓을 하는 거야? 아무리 부모 자식이라지만 사생활 침해야. 남자는 다 보는 거라고."

남편은 화를 내기 시작했다.

"잘못이라고 안 했어. 하지만 이건 어떤지 묻고 싶은데."

나오미가 손에 쥐고 있던 세 명의 사진을 식탁 위에 내던졌다.

"어엇."

그는 사진을 보자마자 큰 소리를 지르고는 식탁 위로 몸을 숙였다.

"뭐야, 이건? 너무한 거 아냐? 출장이라고 거짓말하고 여자들이랑 여행을 다녔네. 게다가 이런 사진까지 찍고."

남편의 방

"으허⋯⋯."

그는 이상한 소리를 내더니 의자를 확 당겨 앉고는 "난 몰라, 몰라"라고 말하며 머리를 절레절레 흔들었다.

"이 여자 옆에서 웃으면서 브이 표시하는 거, 당신 맞지?"

나오미가 담담하게 다그쳤다.

"아냐. 나를 엄청나게 닮은 누군가야."

"그럼, 이 사진을 왜 가지고 있는 건데? 누구한테 받은 거야?"

그는 한동안 입을 꾹 다물고 있다가 갑자기 소리를 지르기 시작했다.

"나를 어떡할 셈이야! 사람 바보 만들어서 재밌어?"

남편이 이렇게 큰소리를 내는 것은 처음이라서 아이코는 깜짝 놀랐다.

"바보 만드는 게 아니고 우리는 진실을 알고 싶을 뿐이야. 엄마는 불쌍하게 수십 년 동안 속아왔으니까."

"속인 적 없어. 그리고 내가 우리 가족 굶긴 적 있어? 내가 그동안 열심히 일했으니까 남들보다 더 여유롭게 살 수 있었던 거야. 여자 한둘 있으면 뭐 어떻다고."

"여기 봐. 사진에는 세 명인데?"

"으아아아앗!"

남편은 잽싸게 자기 방으로 달려갔지만 이미 문이 잠겨 있어서 들어갈 수 없었다. 남편은 으아아아아 하고 소리를 지르다가 이내 식탁으로 다시 돌아왔다.

"앉아."

나오미가 손짓하자 그는 순순히 의자에 앉았다.

그때부터 딸의 신문이 시작되었다. 사진 속의 세 여성은 루미, 시게코, 치에였고 그 세 명과 동시에 교제했다고 한다. 그 외에 마리라는 여성과는 이틀 정도 함께 밤을 보냈다고 털어놓았다.

"그럴 때마다 엄마한테 미안한 마음은 없었어?"

"으음, 그때는 잊고 있었어."

"뭐? 결혼했다는 사실을?"

"이건 파친코랑 비슷하거든."

"그건 다른 네 명한테도 굉장히 무례한 비유인데, 본인이 무슨 소릴 하는 건지는 알아?"

남편은 고개를 갸웃거렸다. 근본적으로 사고방식이 보통 사람과 다른 모양이었다.

"아무튼 당장 엄마한테 사과해. 그리고 여자들한테 경솔하게 말 걸지 말고. 사람들이 싫어하는 거 몰라?"

"싫어한다고? 그럴 리가."

"당연하잖아! 완전 민폐야!"

남편이 다시 입을 다물었다. 그리고 한동안 머리를 숙인 채 생각에 잠겨 있다가 아이코에게 말했다.

"정말 미안했어."

그리고 고개를 숙였다. 반사적으로 아이코도 고개를 숙이려 했지만 나오미가 무시무시한 얼굴로 고개를 저었다. 아이코는 그대로 고개를 들고 있었다.

"앞으로는 여자들한테 함부로 말 걸지 마. 나도 어렸을 때부터 그게 정말 싫었으니까. 알았어?"

그는 딸의 말에 조금 놀란 표정을 짓다가 이내 조용히

고개를 끄덕였다.

"여기 밑에 무슨 내용인지 모르는 녹화용 비디오테이프
도 있어. 한번 볼래?"

상자에서 테이프를 꺼내려는 나오미의 손을 가로막듯이
남편은 상자 위로 몸을 던졌다.

"그럼 우리 눈앞에서 쓰레기봉투에 버려. 이 동네에서는
태우는 쓰레기로 버릴 수 있으니까."

"왜 그래야 하는 거냐?"

그는 신음하듯 말했다.

"그딴 거 간직해서 어쩔 건데? 얼마나 소중한지 몰라도
저승까진 못 들고 가. 당신 죽고 나면 엄마가 이런 것들까
지 처리해야 한다는 걸 생각해보란 말이야."

나오미가 화를 냈다. 그는 작은 목소리로 알았다고 말하
고는 고개를 끄덕였다. 그리고 아이코에게 부탁했다.

"이대로 투명한 봉투에 버리기는 창피하니까, 신문지 좀
가져와."

"그 정도는 직접 가져와."

나오미가 또 화를 냈다.

"신문지는 얼마 전에 내다 버려서 없어."

아이코의 말을 들은 그는 으으으 하고 뜻 모를 소리를 내뱉었다.

"아무 종이라도. 뭐 없어?"

그는 그렇게 말하고는 아이코가 예뻐서 모아둔 예스러운 가게들의 포장지 꾸러미를 찾아왔다.

고급스럽고 세련된 디자인의 포장지로 설마 이런 것을 포장하게 될 줄은 몰랐다. 아이코와 나오미는 그의 작업을 가만히 지켜보았다.

나오미는 사진들을 잘게 찢어 쓰레기봉투에 버렸다. 그는 에로 DVD와 비디오테이프, 녹화용 비디오테이프를 포장지로 감싼 다음 비닐 테이프로 둘둘 말아 쓰레기봉투에 넣었다.

"쓰레기 버리는 날은 화요일이니까 아침 8시에 내놓도록 해."

나오미는 그렇게 선고하고 방 열쇠를 건넸다.

어깨가 축 처진 남편이 자기 방으로 들어갔다. 나오미가 돌아간 뒤에 부부 사이에는 최소한의 대화만 오갔다.

화요일에 남편은 약속대로 45리터짜리 봉투 두 개에 가득 담긴 불건전한 쓰레기를 들고 순순히 집을 나섰다. 혹시나 몰래 내용물을 꺼내지 않을까 하고 아이코가 뒤를 쫓았다. 아니나 다를까. 중간쯤에서 그는 쓰레기봉투의 매듭을 풀고 안에 손을 넣고 있었다.

"여보!"

아이코가 불렀다. 화들짝 놀란 남편은 봉투를 다시 묶었다. 그러고는 아이코가 지켜보는 가운데 집하장에 쓰레기봉투를 내려놓고 이쪽으로 몸을 틀었다.

마침 뒤에서 걸어오던 여성이 남편을 지나치려는 순간 그가 그녀의 전신을 훑어보았다. 그러고는 마치 뱀이 혀를 날름거리며 먹잇감에 다가가듯 눈을 부릅뜨고 재빨리 걷기 시작했다.

'정말 저 인간은 어쩔 수가 없구나.'

아이코는 남편에게 남아 있던 한 톨의 정마저 말끔히 사

라졌다. 그렇게 아이코는 모든 일을 딸에게 맡기고 딸과 둘

이 살기로 다짐했다.

며느리의 짐 정리

"이걸 나더러 다 어쩌라고."

아침 9시 타다시는 방 세 개짜리 아파트에서 유독 어수선한 방을 보며 분노와 한숨이 뒤섞인 목소리로 낮게 중얼거렸다.

"내가 왜 이 짓을……."

아무리 투덜거려도 눈앞의 물건은 줄어들지 않았다.

"참 내……."

그는 발밑의 등나무 쓰레기통을 걷어찼다. 쓰레기통은

며느리의 짐 정리

구석으로 날아가 산더미처럼 쌓인 잡지에 부딪히더니 침대 앞에 깔린 꽃무늬 매트 위에 떨어졌다. 원래 한숨을 한두 번 내쉬면 기분이 좀 나아지는 법인데 오늘은 몇 번이나 내쉬어도 기분이 나아지지 않았다.

이 아파트에 살았던 것은 아들 부부였다. 4년 전 외동아들이 같은 회사에 다니는 여자 친구를 약혼자로서 집에 데리고 왔을 때 타다시와 아내는 참한 아가씨라 다행이라며 가슴을 쓸어내렸다. 부모로서 아들의 아내는 너무 화려하고 품위 없는 사람이 아니었으면 좋겠다고 생각했기 때문이다.

타다시가 그 말을 하자 아내는 어림없다는 듯이 웃었다.

"뭐? 걔가 그런 사람을 고를 리가 없지."

"모르는 거야. 의외로 그런 타입이 이상형일지도 모르고."

"아니라니까. 쟤는 청순하고 귀여운 타입을 좋아해. 자기 방에 있는 사진집을 보니까 딱 알겠던데."

아내는 아들에 관한 일은 뭐든 안다고 했다.

"요즘 시대에 청순한 타입이 있나? 있더라도 우리 집에 시집을 안 오겠지."

"뭐, 그건 본인 능력에 달린 거지만 난 누굴 데려와도 못된 시어머니는 안 될 거야."

아내는 단호하게 말했다.

아들이 데려온 사람은 화려한 구석이 전혀 없는 성실한 대학생처럼 보였다. 그렇다고 답답한 느낌을 주는 것도 아니었다. 말을 걸면 대화가 잘 통했다. 본가는 지방에서 유서 깊은 상점을 하고 있고 대학생 때는 방학마다 가게 일을 도왔다고 했다.

"괜찮은 아가씨 같네."

그날 밤 아들이 없는 자리에서 타다시가 말했다.

"그러게. 야무진 아가씨 같아. 성격은 좀 세 보이지만."

타다시가 며느릿감을 칭찬하자 아내가 슬쩍 빈정거렸다. 아내는 누굴 칭찬하면 반드시 그 사람의 결점을 덧붙였다. 그게 유명인이든 연예인이든 지인이든 마찬가지였다.

갱년기 탓이라고 너그럽게 봐주려다가도 매번 이러니 지긋지긋해서 그때마다 '당신의 이런 점이 정말 싫어'라고 속으로 투덜거렸다.

"그 아가씨를 보고 불평하면 벌 받는 거 아냐?"

"하긴 그럴지도 모르겠네."

아내의 대답에 타다시는 그나마 마음을 놓았다.

아들 부부는 타다시의 집에서 지하철로 20분 거리에 있는 임대 아파트에 살았다. 며느리는 결혼 후에 일을 그만뒀다. 그 결정을 두고 타다시는 아무 말도 하지 않았지만 아내는 미래를 염려했다.

"부부로서 수입이 없으면 집을 살 때도 대출 심사에서 통과가 안 된다고 하던데."

결혼하고 일 년 반 만에 아이가 태어났다. 타다시는 젊은 부부가 알아서 계획을 세우고 당분간 육아에 전념하려는 것으로 알았다.

그런데 돌연 며느리가 두 살배기 아들을 두고 모습을 감춰버렸다. 토요일 밤에 저녁 준비를 하던 그녀는 깜빡 안 사 온 게 있다면서 동네 슈퍼에 다녀오겠다고 집을 나섰다. 아들은 아무런 의심도 없었다. 그렇게 그녀는 영영 돌아오지 않았다.

한 시간, 두 시간이 지나고 타다시에게도 전화가 와서 사건 사고에 휘말린 것이 아니냐며 한바탕 난리가 났다. 경찰에 신고하려던 그 순간, 아들의 스마트폰 메신저로 연락이 왔다.

— 집으로 돌아가지 않을 거예요.

혹시 그녀를 납치한 몹쓸 놈이 가짜로 메시지를 보낸 것이 아닌가 하고 아들이 허겁지겁 답장을 보냈지만 확실히 며느리가 보낸 것이 틀림없었다.

타다시는 우선 아들과 손자를 집으로 불러들이고 곧장 며느리의 본가에 연락을 취했다. 사돈댁에서는 "일이 이렇게 되어서 정말 죄송합니다"라고 거듭 사과할 뿐이었다. 그녀의 아버지는 딸이 좋아하는 사람이 생겨서 그에게 가버렸다면서 자신들도 조금 전에야 그 말을 들었다며 허둥거렸다.

"좋아하는 사람이라고? 당신 딸은 집에 갓난아이가 있어요."

타다시는 저도 모르게 말투가 거칠어졌다. 아내가 도망간 아들은 그렇다 쳐도 엄마가 도망간 손자는 어떻게 해야 할까. 사돈의 말에 따르면 딸은 부부 관계에 대해서는 일절 불만을 말한 적이 없다고 한다.

"너는 수상한 행동을 눈치 못 챘니? 아빠 닮아서 맹해 가지고!"

아내는 아들에게 소리를 질렀다.

"왜 내 얘기가 나와?"

타다시는 발끈하면서도 앞으로 어떻게 하면 좋을지 머릿속이 혼란스러울 뿐이었다. 한순간의 감정으로 가출했다 해도 시간이 흐르면 마음을 바꾸고 돌아오지 않을까 하는 기대가 있었다.

며느리가 가출하고 한 달 만에 아들은 지방 발령을 받았다. 지방 지사 관리직으로 승진한 것이었다. 직장 동료와 결혼한 탓에 회사 사람들도 며느리를 알고 있었기 때문에 속사정은 계속 숨겼다. 가끔 누가 물어볼 때는 부모님의 건강이 좋지 않아 본가에 간병하러 갔다고 말했다.

아내가 도망간 아들은 출근 전에 부모님 집에 아이를 맡겼다가 저녁에 데리고 가는 생활을 반복했다. 그러다 아들이 지방 발령을 받자 타다시의 아내가 아들 집으로 들어가 손자를 돌보기로 했다.

아내는 건강이 좋지 않은데도 이사에 필요한 자잘한 일을 도맡아 처리했다. 문제는 아들의 짐은 모두 옮겼지만 집 나간 며느리 방에 있던 짐은 그대로 남아 있다는 것이었다.

남겨진 것이 여성의 물건이라 타다시는 아내가 처리해 주기를 바랐다. 그래서 그 말을 꺼내자마다 대뜸 아내에게 혼이 났다.

"나더러 그 여자의 물건을 버리러 신칸센으로 왕복하라고? 매일 아들이랑 손자 뒤치다꺼리하기도 바쁜데? 정년퇴직해서 한가한 당신이 해."

그렇게 타다시는 집 나간 며느리의 소지품을 처음으로 눈앞에 마주하게 되었다.

이 집은 세 가족이 쓰기에 적당히 넓은 편이긴 했지만 그래도 며느리의 방이 따로 있었다는 것이 놀라웠다.

"호오, 그랬단 말이지."

타다시는 그렇게 중얼거릴 수밖에 없었다. 싱글 여성의 방이라고 해도 될 만한 방이었다. 이 집에 몇 번 놀러 온 적이 있지만 이 방을 들여다본 적은 없었기에 타다시는 열어서는 안 되는 문을 연 기분이었다.

타다시는 어디부터 손대면 좋을까 하고 방 안을 둘러보았다. 우선 선반 위에 있는 인형들은 바로 버리면 될 것 같아서 집에서 가져온 쓰레기봉투를 벌리고 모조리 안에 넣었다.

'이 봉제 인형은 뽑기 게임에서 뽑은 건가.'

병아리, 토끼, 고양이, 개구리, 상어 등 동그스름하고 폭신폭신한 정체 불명의 인형이 색깔별로 한가득 있었다. 전부 귀엽게 생겼기에 쓰레기봉투에 넣기는 마음 아팠지만 그대로 방치할 수도 없었다. 타다시는 되도록 인형의 눈을 보지 않으려고 애쓰면서 봉투를 꽉 채워나갔다. 45리터짜리 봉투 두 개가 채워졌다.

옆쪽 선반에는 예쁘장한 얼굴을 한 낯선 젊은 남자의 사진과 굿즈가 있었다. 다양한 포즈의 아크릴 스탠드, 실제 얼굴 크기보다 확대된 듯한 클리어 파일, 얼굴 그림이 들어간 수건과 팬 라이트가 여러 개였다. 각각 디자인이 다른 것을 보면 차례로 사 모은 모양이었다.

"분류하기도 귀찮아!"

타다시는 그렇게 외치면서 팬 라이트 속의 짤막한 AAA형 건전지를 빼내고는 태워버릴 쓰레기와 그렇지 않은 것으로 구분했다. 선반 하나가 깨끗해졌다.

"후우."

타다시는 한숨을 한 번 내쉬고 근처 편의점에서 도시락, 녹차와 함께 사 온 캔 커피를 한 모금 마셨다. 아내는 "캔 커피는 돈 아까우니까 집에서 타 마셔"라고 매번 혼을 냈기 때문에 잔소리꾼이 없는 틈에 오랜만에 마셨다.

'역시 나는 이 맛을 좋아한다.'

물론 집에서 드립으로 내리거나 찻집에서 마시는 것도 좋지만 타다시는 캔 커피 특유의 맛을 포기하기 어려웠다. 학창 시절 공장에서 아르바이트를 마치고 퇴근길에 달콤한 캔 커피를 마시면 무척 행복한 기분이 들었었다. 타다시에게는 영원토록 좋아하는 맛인 것이다.

캔 커피를 다 마시자 기운이 났다. 이번에 정리할 것은 3단 선반에 어지럽게 진열된 소품들이었다.

맨 위 칸에는 거울과 화장 도구를 비롯해 많은 양의 화장품이 늘어서 있었다. 노란색과 연보라색 액체가 담긴 작은 병들. 크고 작은 브러시가 열 개 넘게 꽂힌 연필꽂이. 작은 가위, 족집게, 얼굴용 면도기, 눈썹 정리기, 면봉 등이 보관된 통. 티슈와 화장솜 상자도 나란히 놓여 있었다.

크고 작은 여러 디자인의 납작한 케이스가 모두 열 개였고 검은색이나 갈색 연필 같은 것도 여러 개에 립스틱은 여덟 개였다.

납작한 케이스의 내용물은 커터 칼로 뒤쪽 구멍을 밀어

서 빼내고 뒷면의 표시를 확인한 다음 재활용 쓰레기와 일반 쓰레기로 구분해야 했다. 얼마 지나지 않아 손끝이 분홍색, 파란색, 보라색, 초록색, 갈색 가루로 뒤범벅이 됐다. 립스틱도 따로따로 분리해서 연필류는 그대로 일반 쓰레기로 처리했다.

"이렇게 많이 써도 그리 별달라 보이진 않았는데."

타다시는 고개를 갸웃거리며 맨 위 칸을 다 치웠다.

두 번째 칸에는 길이에 맞지 않게 마구잡이로 개어둔 목도리가 넘치도록 이리저리 축 늘어져 있었다. 타다시는 늘어진 목도리를 꺼내서 쓰레기봉투에 넣었다. 그러자 그 밑에 깔려 있던 정체 불명의 물건이 바닥에 툭 떨어졌다.

"뭐야, 이건."

헤드폰 양쪽에 분홍색 인조 모피가 달린 물건이었다. 나중에야 타다시는 그것이 겨울에 쓰는 귀마개임을 알게 되었다. 귀마개가 놓여 있던 한쪽 구석에는 길이, 색상, 무늬, 두께가 다른 장갑이 다섯 켤레, 마찬가지로 길이, 색상, 무늬, 두께가 다른 양말이 총 30켤레나 쌓여 있었다. 마구잡이가 아니라 자기 나름의 방식으로 정리해놓은 듯했다.

"무슨 장갑이랑 양말이 이렇게 많대? 장갑은 한 켤레, 양말도 계절별로 세 켤레씩이면 충분하지."

구석에 처박아둔 장갑과 양말은 사용한 흔적이 없었다. 타다시는 그것들을 양손 가득 집어 쓰레기봉투에 넣었다.

다음으로 맨 아래 칸에는 신발 상자 12개가 쌓여 있었다. 현관에 가서 신발장을 열자 운동화, 플랫슈즈, 샌들이 각각 한 켤레씩 남아 있었다.

그것들도 봉투에 넣은 뒤 방으로 돌아와 신발 상자를 차례로 열었다. 베이지색, 흰색, 검은색도 있었지만 대부분은 하늘색, 빨간색, 분홍색 등 색상이 화려한 하이힐이 들어 있었다. 수수한 것이 있는가 하면 발등이 비치거나 보석 또는 리본이 달린 하이힐도 있었다. 며느리가 신은 모습을 상상하기 어려운 색상이나 디자인뿐이었다. 그중 몇 개는 신은 흔적이 있었고 신발 상자 하나는 비어 있었다.

"이 상자에 있던 신발을 신고 도망갔구나."

타다시는 빈 상자를 물끄러미 쳐다보았다. 그리고 스마

트폰을 꺼내 상자에 표시된 브랜드를 검색해서 신발 가격을 대략 알아냈다.

"8만 엔? 그렇게 비싸다고?"

평범한 직장인의 아내가 이렇게 비싼 신발을 살 수 있을까, 아니면 자신이 모아둔 돈으로 샀을까, 그래도 아이가 있는 엄마가 자신보다 아이를 우선하는 마음은 없었던 걸까 등등 타다시는 이런저런 생각을 했다.

그러다 어쩌면 이 신발은 며느리가 함께 도망간 상대에게서 받은 것일지도 모른다는 생각이 들었다. 다른 신발보다 유독 비싸 보이는 데다 그 신발을 신고 집을 나선 것도 분명했기 때문이다.

"그런 거였어."

타다시는 방에 남아 있는 물건들을 꼼꼼히 확인하면서 마치 탐정이 된 듯한 기분이 들었다. 하지만 그러다 보니 시간이 너무 지체되어서 일단은 너무 깊이 생각하지 않고 기계적으로 쓰레기를 처분하는 데만 집중했다.

신발에 달린 금속 버클도 일반 쓰레기로 분리해야 한다.

타다시는 쓰레기봉투와 함께 가위와 커터 칼을 챙겨 온 자신의 철저한 준비성에 흡족해하며 버클을 떼어내서 봉투 하나에 따로 모았다. 종이인 신발 상자는 재활용 쓰레기이므로 하나로 합치기로 했다.

이 작업도 만만치 않았다. 타다시는 며느리가 도망간 것보다 이 작업에 더 분노가 치밀기 시작했다. 허리를 숙이고 정리하다 보니 허리 주변이 서서히 아파오기 시작했다.

"이게 뭔 고생이람……."

이번에는 며느리를 향한 분노가 다시 치밀어 올랐다.

어느 쪽이든 타다시는 화를 내면서도 작업을 계속해야 했다. 바닥에 놓여 있던 커다란 바구니에 담긴 대량의 천과 털실도 버렸다.

바구니 안에는 만들다 만 조그만 하늘색 스웨터도 있었다. 타다시는 이걸 입지 못하게 된 손자가 무척 가여웠다. 재봉틀은 대형 폐기물이라 지자체에서 수거해 가야 했다. 타다시는 까먹지 않도록 스마트폰에 메모를 남겼다.

침대 위의 이불은 일단 커버를 벗겨서 옆방에 던져두었

다. 침대 앞의 매트, 침대 시트와 베개는 쓰레기봉투로 직행했다.

"매트리스랑 침대도 대형 폐기물인가?"

추가로 메모를 남겼다. 그때 문득 깨달았다. 이 집은 일주일 후에 비워주어야 한다는 사실을. 그때까지 대형 폐기물 수거가 가능한지 그 자리에서 문의하자 이주일 후에나 가능하다는 답변이 돌아왔다.

타다시의 집으로 옮길 수도 없고, 그렇다고 아파트 앞의 집하장에 계속 둘 수도 없었다. 그때 문득 떠오른 것이 우편함에 종종 들어 있는 불필요한 물품을 처리해주는 수거 업체의 전단이었다. 물론 지자체의 대형 폐기물 처리보다 비용은 더 많이 들지만 그래도 다른 방도가 없었다.

스마트폰으로 검색해보니 여러 업체가 있었고, 당일 수거가 가능한 곳도 있었다. 이런 업체에 부탁할 수밖에 없을 듯해서 한 곳을 골라 연락처를 적어두었다.

침대 밑을 들여다보니 다 먹은 감자칩 등 과자 봉지가 여기저기 굴러다녔다.

"참 나……."

손이 닿는 것은 먼지를 무릅쓰고 꺼냈다. 멀리 있는 것
은 무시해버렸다.

"후우."

타다시는 또 한숨을 내쉬고는 점심으로 사 온 도시락에
손을 뻗었다. 침대에 앉으려다 며느리가 여기서 잠을 잤을
거라는 생각에 망설여졌다. 그는 그냥 방바닥에 책상다리
를 하고 앉았다. 스마트폰으로 라디오를 들으며 밥을 먹었
다. 이 동네는 넓은 주택가가 있는 조용한 지역으로 상점도
많아서 쇼핑하기에 편리했다.

"대체 뭐가 불만이었던 건지……."

창밖으로 공원이 보이고 아이들이 뛰노는 소리가 들렸
다. 아마 아들 부부도 저기서 손자와 시간을 보냈을 것이다.

아들은 차분한 성격이라 폭력적인 면은 전혀 없었을 것이
고, 타다시는 본인에게서도 그런 이야기는 듣지 못했다.
특별히 풍족하진 않지만 평범한 생활이었을 것이다. 어린
아들을 두고 집을 나가다니 모성애도 책임감도 없는 걸까.

상대는 대체 어떤 놈일까. 질문이 꼬리에 꼬리를 물고 이어졌다. 평소 식욕이 좋은 타다시도 입맛이 떨어졌다.

"자, 다시 해볼까?"

타다시는 듣고 있던 라디오 프로그램이 끝남과 동시에 허리를 문지르며 일어났다. 그러고는 반 평 남짓한 붙박이 옷장을 열었다. 그 안에는 옷들이 빼곡했다. 그 옷들을 모조리 봉투에 넣었다. 두툼한 울 코트, 다운 코트, 다운 재킷 등 겨울옷이 많아 순식간에 봉투 세 개가 채워졌다.

'겨울 외투가 세 벌이나 필요한가? 한 벌이면 되지.'

타다시는 그렇게 속으로 투덜거리며 벽장을 열었다. 위 칸의 옷걸이에 블라우스와 스웨터가 걸려 있었다. 아래 칸의 절반에는 플라스틱 보관함이 놓여 있었고, 나머지 절반에는 담요, 얇은 여름 이불, 시트, 수건 등이 쌓여 있었다.

먼저 옷걸이에 걸린 옷들을 봉투에 넣었다. 얇은 블라우스를 집어 들 때는 약간 망설였다. 하지만 만지지 않고는 버릴 방법이 없어서 옷걸이째 차례대로 봉투에 넣었다.

조립식 행거도 그대로 봉투에 버리고 싶었지만 부피 때문에 분리를 해야만 했다. 하나하나 분리해 여러 개의 쇠막대로 변한 행거를 침대 위에 툭 던졌다.

이제 남은 것은 아래 칸이었다. 담요와 얇은 이불은 옆방으로 옮기고 시트와 낡은 수건은 쓰레기봉투에 넣었다. 이번에도 금세 봉투가 가득 찼다. 봉투는 무거웠다.

"그래. 이것도 수거 업체에 부탁하면 되겠군."

발밑에 굴러다니는 쓰레기봉투를 몇 장 침대 위에 올려놓았다. 그 위에 옆방에서 끌고 온 이불과 담요도 던져두었다. 물건을 처분하는 것이 이렇게 귀찮은 일인 줄은 몰랐다.

전부 봉투에 넣자 부피가 커져서 위압감이 더해졌다. 타다시는 쓰레기봉투를 직접 내놓으려고 했지만 실상은 그리 간단하지 않았다.

요즘 시대는 언제 어디서든 물건을 쉽게 버릴 수 있는 환경이 아니다. 쓰레기 버리는 날이 정해져 있고 배출량도 어느 정도 제한되어 있다. 분리수거는 필수다. 물건을 살 때도 당연히 돈이 들지만 버릴 때도 돈이 든다. 아무 때나 편하게 필요 없는 물건을 전부 버릴 수는 없는 것이다.

"자, 이제 마지막이야."

타다시는 스스로를 격려하듯 나지막하게 외치고는 아래 칸에 자리한 3단 플라스틱 보관함의 맨 위 서랍을 열었다. 그 순간, 화려한 분홍과 빨강이 눈에 뛰어들었다. 타다시는 순간적으로 서랍을 닫아버렸다.

"……."

이건 봐서는 안 되는 것이 아닐까. 타다시는 다시 한번 조심스럽게 서랍을 열어보았다. 거기 들어 있는 것은 대충 쑤셔 박은 다양한 색상과 무늬의 브래지어였다.

"끄응."

타다시는 신음 소리를 냈다. 이런 것은 아내에게 맡기고 싶었다. 하지만 이거 하나 부탁하자고 신칸센으로 오라고 할 수는 없는 노릇이었다.

딸이 있었다면 볼 기회가 있었겠지만 아들 하나뿐이라서 이런 것은 아내의 것밖에 보지 못했다. 참고로 타다시의 아내는 장식이 거의 없고 지극히 실용적인 베이지색 속옷만 입었던 것으로 기억한다. 그러나 눈앞에 있는 것은 레이스가 잔뜩 달린 화려한 색상의 속옷뿐이었다.

'이걸 나더러 만지라고.'

"끄응."

타다시는 다시 한번 신음 소리를 냈다.

눈앞의 물체를 어떻게 해야 할지 고민한 결과, 서랍을 빼내 모조리 봉투에 털어 넣기로 했다. 그러면 최대한 건드리지 않아도 될 것이다.

서랍에 손을 대려던 찰나, 타다시는 잠깐 멈칫했다. 이걸 그대로 넣어버린다면 반투명 봉투라서 훤히 비칠 것이다. 업체에 맡길 때 여성용 속옷임이 알려지는 것만은 피하고 싶었다.

"미치겠네……."

타다시는 아까 꽁꽁 묶어두었던 쓰레기봉투를 다시 열어서 시트를 꺼냈다. 그리고 그걸 반투명 봉투 안에 깔아서 밖에서 내용물이 보이지 않게 한 다음 서랍을 통째로 집어넣고 내용물을 쏟아부었다.

다행히 브래지어는 바닥에 떨어지지 않고 그대로 봉투에 들어갔다. 타다시는 조금도 손을 대지 않아도 되었다.

"후우……."

타다시는 세 번째 한숨을 내쉬었다. 이건 안도의 한숨이었다.

그러나 안도한 것도 잠시, 맨 위 서랍이 브래지어였다면 다른 두 서랍에는 도대체 무엇이 들어 있을지 두려워지기 시작했다.

타다시는 잠깐 숨을 돌리기 위해 바깥으로 나갔다. 그리고 캔 커피와 도시락을 샀던 편의점에 들러 한 바퀴 둘러본 다음 냉장 코너에서 슈크림 빵과 에클레어(다양한 크림을 넣은 길쭉한 페이스트리—옮긴이)에 톨 사이즈 커피를 사서 아들의 집으로 돌아왔다. 평소에는 디저트를 잘 먹지 않는데, 오늘은 왠지 그런 것을 먹고 싶은 기분이었다.

타다시는 슈크림 빵을 한 손에 들고 두 번째 서랍을 열었다. 속옷이 보였다. 색이 별로 화려하지 않아서 조금 마음이 놓였다. 자신이 입는 속옷과 모양이 비슷한 것은 거부감이 없지만 아예 다른 종류는 만지기조차 꺼려졌다.

서랍을 끝까지 빼내자 보온용 내의 세트, 스타킹 등이 다른 서랍과 마찬가지로 뒤죽박죽 들어 있었다. 색상이 전체적으로 수수한 데다 아내의 것을 봤던 탓인지 여성용인데도 흠칫하지 않았다.

타다시는 서랍을 열어둔 채로 오른손에 커피를 들고 바닥에 앉아 간식 시간을 즐겼다. 오랜만에 먹는 슈크림이 이상하게 맛있었다.

'이 작업으로 평소에 안 쓰던 뇌를 최대치로 굴리느라 체력을 많이 소모한 건가?'

타다시는 이렇게 생각하면서 커피를 반쯤 남기고는 어깨를 빙빙 돌렸다. 그리고 기합을 넣고는 아까와 같은 방법으로 서랍을 비웠다.

마음은 안정을 되찾고 있었지만 마지막 서랍에 무엇이 있을지 불안했다. 조심조심 서랍을 열어보니 낯익은 분홍, 빨강, 검정이 눈에 뛰어들었다. 각오를 다지고 서랍을 확

열었다. 그 안에서 나온 것은 대량의 팬티였다.

'드디어 왔구나.'

타다시는 순간적으로 눈을 질끈 감았지만 별수 없었다. 게다가 초조함보다는 며느리가 왜 이런 종류의 속옷을 선택했을지 그 심리가 궁금해졌다.

세상에는 많은 디자인의 속옷이 있을 것이다. 요즘 젊은 여성은 이런 속옷을 좋아하는지도 모르겠다. 하지만 타다시가 느끼기에는 직업 여성이 선호할 법한 속옷을 유부녀가 고르는 것이 의아하기만 했다.

아들은 이게 괜찮았던 걸까? 만일 이게 아들의 취향이었으면 어쩌지?

"후우……."

타다시는 처량한 소리를 내며 눈앞의 현란한 속옷 더미를 쳐다보았다. 아무리 생각해도 그녀의 수수한 얼굴과 직접 골랐을 속옷이 들어맞지 않았다. 하지만 그녀의 행동을 생각하면 납득이 되는 듯도 했다.

"인간은 알 수 없는 존재야."

타다시는 그렇게 중얼거리면서 아까와 같은 방법으로 서랍을 빼내서 시트를 깔아둔 쓰레기봉투에 내용물을 쏟아 부었다. 순간 손바닥만 한 속옷 두세 벌이 펄럭펄럭 바닥에 떨어졌다.

"아앗."

작게 목소리가 새어 나왔다. 다타시는 침착하게 손톱 끝으로 아슬아슬하게 속옷을 잡아 봉투에 떨어뜨렸다. 그러고 나서 마지막으로 끈에 빨간 레이스와 검은색 장식이 달린 유난히 좁은 면적의 천 조각을 집으려던 순간 무언가가 눈에 들어왔다.

"이건 여자들 머리 묶는…… 어라?"

여자들이 머리 묶을 때 쓰는 고리 모양의 끈이었다. 타다시는 손톱 끝으로 잡아서 살펴보았다.

"설마 이거 엉덩이 다 보이는 그거인가?"

이발소에서 본 성인 남성 잡지의 모델들이 대부분 이렇게 끈으로 된 속옷을 착용하고 있던 것이 기억났다.

"이건 촬영할 때 입는 거 아냐? 도대체 이걸 왜 가지고 있는 거지?"

설마 며느리가 모델 일을 했을 리도 없는데. 타다시의 머릿속이 다시 어지러워졌다. 타다시는 이게 아들의 취향이면 어쩌나 하고 또 당황하고 말았다. 도통 이해하기 어려운 상황에 머릿속을 물음표로 가득 채운 채로 그 천 조각도 봉투 안에 떨어뜨렸다.

만약 귀금속이 남아 있었다면 집에 가져가서 아내의 의견을 구하려고 했지만 그런 물건은 전혀 없었다. 모두 챙겨 간 모양이었다.

"후우."

타다시는 한숨 돌리고 나서 아까 찾아본 당일에도 이용 가능한 수거 업체에 연락했다. 다른 예약이 없어서 당장 방문할 수 있다고 했다. 여기 있는 '여자' 냄새가 나는 물건을 조금이라도 빨리 처분하고 싶었던 타다시는 바로 작업을 부탁했다.

50분 뒤, 청년 둘이 집을 방문해 봉투들을 척척 문밖으로 옮겼다.

"저희가 분리수거도 하니까 그냥 모아만 두셔도 되는데요."

그 말에 타다시는 허리에서 힘이 쑥 빠질 뻔했다. 비용은 아까 그 하이힐보다는 저렴했지만 어쨌든 만만치는 않았다. 그럼에도 건장한 청년 두 명이 타다시 자신이 못 하는 일을 대신해주고 받기에는 합리적인 가격이었다. 타다시는 속옷을 시트로 가려두길 잘했다고 새삼 생각했다.

"감사합니다."

인상 좋은 청년들은 밝게 인사하고 돌아갔다. 타다시가 창밖으로 고개를 내밀어 쳐다보니 트럭이 출발했다. 이제 자신의 역할은 끝났다.

안도한 타다시는 수십 년 만에 구매한 에클레어 봉지를 뜯어 한입 베어 물었다. 달콤한 초콜릿과 커스터드 크림이 입안에 퍼졌다. 그리고 아까 남겨둔 커피를 마셨다. 단맛과 쓴맛이 적당히 어우러지면서 "맛있네, 이거"라는 말이 절로 나왔다.

타다시는 에클레어를 한 손에 들고 텅 빈 방에서 임무를 끝냈다고 아내에게 연락했다.

"어머, 그래. 수고 많았네."

아내는 담백하게 말했다. 이제 자신의 컨디션도 회복되었고 아들과 손자도 건강하게 잘 지낸다고 했다. 타다시가 귀금속은 없고 속옷도 두고 나갔다는 말을 하자 아내는 화를 냈다. 자세히 설명하면 소란스러워질 듯해서 그 색상과 비치는 정도 그리고 끈에 대해서는 말을 아꼈다.

"그것도 당신이 다 치웠어?"

"당연하지."

"어머, 싫다."

타다시는 "나더러 다 치우라더니 그 말투는 뭐야"라며 발끈했지만 에클레어의 달콤함에 금세 화가 사그라들었다.

"할아버지, 푸우!"

그리고 손자가 전화를 받아 옹알거리며 말을 걸어주었다. 타다시는 이런 사랑스러운 아이를 버린 며느리가 매정하게 느껴졌다. 동시에 머리끈 수준이던 끈 속옷이 타다시의 머릿속에 떠올랐다.

'네 엄마는 무슨 생각인 건지.'

타다시의 머릿속에는 그런 복잡한 감정이 끝없이 소용
돌이쳤다.

버리지 못하는 사람들

초판 1쇄 발행 2025년 1월 13일
초판 2쇄 발행 2025년 2월 5일

지은이 무레 요코
옮긴이 이수은
펴낸이 최지연
마케팅 윤여준, 김나영, 김경민
경영지원 강미연
디자인 수오
표지그림 나예
교정교열 윤정숙

펴낸곳 라곰
출판신고 2018년 7월 11일 제 2018-000068호
주소 서울시 마포구 큰우물로 75 성지빌딩 1406호
전화 02-6949-6014 **팩스** 02-6919-9058
이메일 book@lagombook.co.kr

한국어 출판권 ⓒ(주)타인의취향, 2025

ISBN 979-11-93939-21-5 03830